Mingjia Jingpin Yuedu

名家精品阅读

徐志摩文集

徐志摩◎著

主编 李晓明 高长春／简析 屠志芬 孙翠翠

吉林出版集团／吉林文史出版社

一套批注式阅读的好书

李晓明

批注式阅读是我国传统的阅读方式之一。有些读者喜欢读书时在文中空白处写下自己独到的见解和感受，留下阅读时思考的痕迹，这样的阅读就是批注式阅读。

我国从古代开始就风行批注式阅读。俗称“春秋三传”的《左氏春秋传》、《春秋公羊传》、《春秋谷梁传》因对《春秋》的出色批注而出名，这三本批注式读本的出现，为《春秋》的广泛传播起了推波助澜的作用。汉魏时期，郦道元也因批注《水经》，而使他写的《水经注》名誉天下。东晋时期史学家裴松之批注的《三国志》，在查阅大量史料的基础上，以超过原文三倍的批注内容丰富了原书，使许多失载的史实得以保存。明清以来，小说盛行，批注之风日盛。如金圣叹批注《水浒传》，毛氏父子批注《三国演义》，张竹坡批注《金瓶梅》，脂砚斋批注《红楼梦》。这些优秀的批注笔记随同原著一起刊出，风行一时，成为其他读者再次阅读时的可贵借鉴，也成为文化界交流的重要方式之一。

近现代以来，批注式阅读仍然是伟人和有思想的文人读书的重要方式之一。毛泽东就有不动笔墨不读书的习惯。《毛泽东点评二十四史》对中国历史的研究和独到见解为世人所叹服。鲁迅先生也提出读书要眼到、口到、心到、手到、脑到。

国外的很多文学家和伟人也有批注式阅读的习惯。如列宁的《哲学笔记》就是由他读书时的批注和笔记汇编而成的马克思主义哲学的经典著作。

批注式阅读不应该只是文学家、史学家、哲学家的专利，它完全可以被普通的读者所掌握，成为一种值得提倡的阅读方式。当前，在中学广泛使用批注式阅读方式培养学生读书能力的，当首推东北师范大学附属中学。他们的具体做法是:全班同学同时阅读同一本书，每个人都在书旁的空白处写下自己的“书间笔痕”，在篇末写下“篇后悟语”。然后在全班的读书报告会上交流自己的感悟，写得最好的感悟文字作为全班的阅读心得在年级进行交流，再选出最好的感悟文字集结成书。东北师大附中在进行“语文教育民族化”的教改实验中，把批注式阅读的成果汇编成《启迪灵性的语文学习方式 孙立权“批注式阅读”教例》，成为各校开展批注式阅读的范例。

批注式阅读的好处是显而易见的。

首先，批注式阅读培养了读者的思维能力。与一般的读书不同，批注式阅读强调读者对读物的思考和独到的见解。大师们写下了自己的作品，有了自己的话语权。作为读者的我们，也不能丧失自己的话语权，不能只是被动地阅读别人的作品。批注式阅读提倡读书时发表个人的独到见解，即所谓“一千个读者就有一千个哈姆雷特”。鲁迅先生在《读书杂谈》中提倡读书时“仍要自己思索，自己观察。倘只看书，便变成书橱”，诺贝尔文学奖获得者萧伯纳和德国哲学家叔本华也都告诫过读者，如果读书时只能看到别人的思想艺术，不用自己的头脑思索的话，实际上是把自己的脑子让给别人做跑马场。孔子曰“学而不思则罔”，讲的也是同样的道理。如果不想把自己变成只会吸收别人思想的书橱，或者让自己的头脑完全变成别人的跑马场，那么，就学习一下批注式阅读吧。

其次，批注式阅读培养了读者的写作能力。因为批注式阅读是一种不动笔墨不读书的阅读方法，它直接培养了读者的写作能力。尤其是每篇作品后面的“篇后悟语”，简直就是一篇完整的评论文章。读书时常常动笔把自己的点滴体会记录下来，坚持这样做，一定会在写作能力的培养上有巨大的收获。

再次，批注式阅读促使读者自觉扩大阅读的广度。在东北师大附中的批注式阅读教改实验中发现，同学们为了提高自己的批注水平，常常出现“以文解文”、“以诗解诗”的情况。即阅读一篇文章或一首诗时，引用同类作品进行解读，批注效果往往令人拍案称奇。在批注王维的《辋川闲居赠裴秀才迪》的“倚杖柴门外，临风听暮蝉”一句时，就有两名同学分别写到：“领联与王籍《入若耶溪》中‘蝉噪林逾静，鸟鸣山更幽’有异曲同工之妙：用声响来反衬所在环境的静雅清幽。”“这是‘居高声播远，因是藉秋风’，与虞世南的‘居高声自远，非是藉秋风’不同。”同学们为了写出自己的独到见解，查阅更多的同类作品，不仅提高了自己的批注水平，也扩大了知识面。

最后，批注式阅读为读者间的交流提供了平台。一般认为，读书只是个人的活动，与他人无关。但批注式阅读不同，它可以把批注的成果提供给别人，成为大家交流思想和见解的平台。像脂砚斋批注的《红楼梦》、金圣叹批注的《水浒传》等，对后世读者的启迪作用是有目共睹的。即使在中学生中进行的批注式阅读，也在全班、全年级乃至更大的范围内，提供了大家交流思想、发表不同见解的平台，这种同龄人之间的读书心得交流，是非常有益的。

我们出版的这套“名家精品阅读”与同类读物不同，它不仅向读者提供了优秀的文学作品，同时在每一页给读者留下了写批注式阅读心得的空间，使读者可以很方便地、随时写下自己的读书心得。如果几十年后，拿出本书看一看，你会惊喜地看到自己当年心灵成长的轨迹。

我们在每本书的前面精选了一篇作家的代表作进行批注式阅读，给大家提供一个样本。读者们也可以根据自己的喜好，从不同的角度进行批注。相信读者们一定会写出比范文更优秀的读书心得，让阅读成为一件非常快乐的事情。

2011年9月于东北师范大学文学院

导读

“他抱紧的只是绵密的忧愁”

——徐志摩的人生与创作

屠志芬

徐志摩（1897–1931），现代诗人、散文家。1897 年 1 月 15 日，徐志摩出生于浙江海宁县硖石镇，小字幼申，原名章垿，字槱森。还曾用南湖、诗哲、海谷、谷、大兵、云中鹤 、仙鹤、删我、心手、黄狗、谔谔等笔名。1918 年去美国留学时父亲为他另取名志摩。

徐志摩幼读家塾，11 岁入硖石开智学堂，打下了深厚的古文基础。1910 年，14 岁的徐志摩考入杭州府中学堂，与后来也成为著名文学家的郁达夫同班。期间开始文学活动，曾在校刊《友声》发表平生第一篇作品《论小说与社会之关系》，文章深受梁启超《论小说与群治之关系》影响，认为小说有益于社会，“宜竭力提倡之”。1915 年夏，徐志摩考入北京大学预科。同年 10 月，由家庭包办，与上海宝山县巨富张润之之女张幼仪结婚。1916 年，转入上海浸信会学院，选修文、史、理、化及圣经课程。1916 年秋，再转天津北洋大学预科攻读法科。次年，北洋大学法科并入北京大学，徐志摩随转入北大，除钻研法学外，还攻读日文、法文、政治学。期间他广泛交游，并拜梁启超为老师。由于目睹军阀混战、屠戮无辜的战乱景象徐志摩决心到国外留学，“善用其所学，以利导我国家”。1918 年 8 月起程赴美国。先进克拉克大学历史系，修习社会学、经济学、历史学等课程，次年夏毕业，获学士学位，旋入哥伦比亚大学的研究院经济系攻读硕士学位，研究政治、劳工、民主、社会主义等问题。这一年国内爆发五四运动，中国留学生群也受到影响，徐志摩参加留学生组织的爱国活动，阅读《新青年》、《新潮》等杂志，同时兴趣渐由政治转向文学。获得文学硕士学位后因受英国哲学家罗素的吸引，他放弃继续攻读博士学位计划，转赴英伦却因故未能得见罗素。滞留期间他结识了前民国参议院和众议院秘书长、北洋军阀政府司法总长林长民及其女儿林徽因，并因之结识高斯华绥·狄更生。在狄更生帮助下，徐志摩以特别生的资格进了剑桥大学皇家学院。英伦留学是他思想的转折点。在这里，他广交名士，涉猎西方文明，并形成了他的理想主义、个人主义精神底色。他深感“大自然的优美，宁静，调谐在这星光与波光的默契中不期然的淹入了你的性灵”(徐志摩《我所知道的康桥》)。徐志摩忘情于康桥，沉迷于大自然，愈益觉得现实生活之丑陋痛苦，认为只有回归纯洁的自然才是救治病象之良方。他开始翻译曼斯菲尔德、邓南遮、伏尔泰等作家作品。诗歌创作也一发不可收，他的“心灵革命的怒潮，尽冲泻在你（指康桥）妩媚河中的两岸”(徐志摩《康桥再会吧》)。从此崇拜的偶像从汉密尔顿转向英国的雪莱和拜伦，“换路”步入诗人行列。此期共写诗 20 余首。1922 年 3 月，徐志摩在柏林与张幼仪离婚。同年 10 月归国，回到上海。从此，文学活动成为他的主要志业。1924 年 4 月，他和陆小曼相识于北京，并陷入热恋，此事自然招致了社会的非议和家庭的反对。

1924 年，他将 1922 年至 1924 年间的诗作编成第一个诗集《志摩的诗》，出版后名声大振。在这本诗集中可以约略见出徐志摩在回国初年的生活思想状况，以及他所“泛滥的感情”。这本诗集中的内容大致是：抒发理想和表现爱情的，暴露社会黑暗和表达对劳苦人民的同情的，探讨生活哲理的以及写景抒情的。《雪花的快乐》是诗集的开卷第一首，它可算作徐志摩早期诗歌的代表作之一，节奏轻快，调子舒展明朗，意境优美。

《翡冷翠的一夜》是徐志摩的第二个诗集，是他的 1925 年至 1927 年部分诗歌创作的汇集。这一时期徐志摩的思想和生活发生了一些较大的波折，爱情上与陆小曼浓情蜜意，现实中他目睹了军阀混战和中国革命的蓬勃发展，为纪念“三·一八”，他写了《梅雪争春》，揭露了军阀屠杀无辜，连十三岁的儿童也不放过。之后，徐志摩还出了两本诗集，一是由他自己编选，1931 年出版的《猛虎集》，一是由他人编选，1932 年出版的《云游》。这两个诗集中收录的诗歌，多数是徐志摩后期的作品。这一时期他的思想陷入深深的矛盾和绝望。他创作的诗歌，大部与现实生活脱离，抒写他自己“微妙的灵魂的秘密”。有的诗歌无病呻吟，充满了悲观厌世的情调。1931 年 11 月 19 日，刚届 36 岁的徐志摩搭乘飞机，飞往北平。因大雾影响，在济南党家庄附近触山爆炸，机毁人亡。

徐志摩的人格和人生不乏传奇色彩，他的文学创作在现代文学史上也独具特色。他的诗歌内容上大多表现他对爱情与自由的热爱与追求，同时也有部分诗歌是对当时社会现实的反映，对军阀混战及其厌恶，对贫苦人民及其同情。在语言上，多是清新自然、灵动隽永的，读来唇齿留香，许多灵感来时之作更是巧夺天工般浑然天成。在形式上，有时整饬工整，有时灵活多变，但都被诗人用得得心应手，既有助于表达感情又很好地控制了诗的节奏。

徐志摩也是重要的散文家，1925 年至 1926 年间先后出版《落叶》、《自剖》、《巴黎的鳞爪》三个散文集，1929 年写下了单篇散文《秋》。周作人编选《中国新文学大系·散文一集》时，徐志摩的作品收入最多，在序言中也给予极高评价。梁实秋在《谈志摩的散文》中说徐志摩散文有三个特点：一是“永远保持着一个亲热的态度”；二是“写起文章来任性”；三是“文章永远是用心写的”。这个概括是十分恰切的。

本书选入徐志摩诗歌散文代表作并略加评析。除两位主编编选、撰稿外，特邀青年诗人刘赫、黎晓林、罗立峰、郑昌路、张慈承担了少数篇章的简析，特此说明。

（标题出自徐志摩诗《云游》）

目录
contents

散文部分

批注式阅读范例

再别康桥

轻轻的我走了，(1)
正如我轻轻的来；
我轻轻的招手，
作别西天的云彩。(2)

那河畔的金柳，
是夕阳中的新娘；
波光里的滟影，(3)
在我的心头荡漾。(4)

软泥上的青荇，(5)
油油的在水底招摇；(6)
在康河的柔波里，
我甘心做一条水草！ (7)

那榆荫下的一潭，(8)
不是清泉，是天上虹；(9)
揉碎在浮藻间，(10)
沉淀着彩虹似的梦。(11)
寻梦？撑一支长篙，(12)
向青草更青处漫溯；
满载一船星辉，

批注空间

(1)“轻轻的来”又“轻轻的走”，只与“云彩”作别，仿佛不想惊动这里的一切，是珍爱，还是落寞？

(2)“西天的云彩”暗示黄昏，与下文有关“金柳”的描写呼应。

(3)设色艳丽。夕阳镀柳故言“金柳”；“新娘”、“滟影”极言其美丽动人。“柳”为古诗词中惜别的意象。

(4)由“河畔”及“波光”。

(5)由“波光”及“水底”。

(6)青荇多情的姿态多么令人心醉。

(7)心由“荡漾”到“甘心做一条水草”，极写对康河的迷恋。

(8)最爱“拜伦潭”。

(9)那如诗如画的清波里承载着诗人多少绚丽的彩虹似的梦。

(10)水波流动，浮藻参差，故言虹被“揉碎”。

(11)“沉淀”用得沉痛。都成往事，梦想早被现实掩埋。

(12)对往昔无限怀恋，故泛舟寻梦。

在星辉斑斓里放歌。(13)

但我不能放歌，(14)
悄悄是别离的笙箫；(15)
夏虫也为我沉默，(16)
沉默是今晚的康桥！(17)

悄悄的我走了，(18)
正如我悄悄的来；(19)
我挥一挥衣袖，
不带走一片云彩。(20)

一九二八年十一月六日　中国海上

(13) 从黄昏到夜晚，旧地重游，心情激动而陶醉，情不自禁要“放歌”。

(14) 又突然转入此番别离的现实，难免悲从中来。

(15)由“放歌”转入“悄悄”，化为“沉默”！

(16)“沉默”，如此沉重的忧伤的感受！

(17) 以夏虫的沉默渲染悲怆的气氛，情景交融。

(18) 千情万绪化入无声。

(19)“悄悄”地，也是决然地、空空地走了，真是魂断康桥！

(20) 一路写景，一路抒情，首尾相衔，情感层层递进。

屠志芬　批注

简析

此诗写于1928年，是诗人的代表作之一。康桥，即英国剑桥大学所在地。8年前，诗人曾游学于此，在这里度过了人生中最美好也是最重要的时光。正是康河的水，开启了诗人的心灵，唤醒了久蛰在他心中的诗人的天命。他后来曾满怀深情地说：“我的眼是康桥教我睁的，我的求知欲是康桥给我拨动的，我的自我意识是康桥给我胚胎的。”(《吸烟与文化》) 1928年，诗人故地重游，夏日的美丽黄昏，他一个人来到康桥，一幕幕往昔的生活图景，又在他眼前展现……在归国的渡船上，面对汹涌的大海和辽阔的天空，诗人思绪奔涌，创作了这首惜别的绝唱。诗歌以舒缓、清丽、哀婉而又不失洒脱的笔调，描绘了康桥迷人的景物，抒发了诗人的无限留恋和感伤之情。诗人善于捕捉富有诗意的景物，构成柔美深情的意境。诗歌形式精巧，章法匀称，具有整齐和谐之美；声调回环往复，节奏轻缓错落，富于动态感和音乐性。

批注空间

雪花的快乐

假如我是一朵雪花，
翩翩的在半空里潇洒，
　我一定认清我的方向——
　飞扬，飞扬，飞扬，
这地面上有我的方向。

不去那冷寞的幽谷，
不去那凄清的山麓，
　也不上荒街去惆怅——
　飞扬，飞扬，飞扬——
你看！我有我的方向！

在半空里娟娟的飞舞，
认明了那清幽的住处，
　等着她来花园里探望——
飞扬，飞扬，飞扬——
啊，她身上有朱砂梅的清香！

那时我凭藉我的身轻，
盈盈的，沾住了她的衣襟，
　贴近她柔波似的心胸——

消溶，消溶，消溶——
溶入了她柔波似的心胸！

简析

这首诗作于1924年末，当时正是徐志摩和陆小曼的恋情不被世俗认可而遭受社会道德苛责之际。诗人为了表达对世俗的反抗，弘扬个性与爱情自由精神，写了这首诗。诗歌以“雪花”为核心意象，借雪花纯洁、晶莹、明净的内在蕴涵和其纷扬、随意、潇洒的外在特征，表达诗人爱的特质和对自由的追求。这也是徐志摩脍炙人口的名篇，雪花的轻盈之态、窃喜之情也让读者仿佛沾染了“雪花的快乐”，随它一起飞扬、一起等待，盼望有着朱砂梅清香的“她”快点来到花园里，然后俏皮地悄悄地落在她身上，享受一份甜蜜。“雪花”本身就是晶莹、纯洁、自由、随意、飞舞、安静的象征，这样的意象与全诗静谧、清新的意境完全相合，也完美地贴合了诗人追求“爱、自由、美”的心性和特质，正如茅盾所说“不是徐志摩，作不出这首诗”。

落叶小唱

一阵声响转上了阶沿
(我正挨近着梦乡边；)
这回准是她的脚步了，我想——
　在这深夜！

一声剥啄在我的窗上
(我正靠紧着睡乡旁；)
这准是她来闹着玩——你看，
　我偏不张惶！

一个声息贴近我的床，
我说（一半是睡梦，一半是迷惘：）——
“你总不能明白我，你又何苦
　多叫我心伤！”

一声喟息落在我的枕边，
(我已在梦乡里留恋；)
“我负了你！”你说——你的热泪
　烫着我的脸！

这音响恼着我的梦魂
(落叶在庭前舞，一阵，又一阵；)

梦完了，呵，回复清醒；恼人的——

却只是秋声！

简 析

在中国新诗史上，早期的爱情诗多以阐述对现实的态度为主，描写现实生活的场景而不重想象，而以徐志摩为代表的新月派诗人则在追求一种格律美的同时，重想象，重情调。他们表现的往往不是客观的实际存在，而是一种向往的存在。《落叶小唱》这首诗源于作者对逝去的爱情的追念，作者将那份深爱却求之不得的心境通过对一种由落叶而生的错觉的描绘由浅入深地刻画了出来。“一阵声响”、“一声剥啄”、“一个声息”、“一声喟息”，虚实相生，化实为虚，层层深入。这种感受便是处于感情漩涡中的“我”逐渐增强的一阵阵内心的隐痛，如真似梦，却又异常强烈，到头来只剩下恼人的秋声，愁煞伊人。

这是一个懦怯的世界

这是一个懦怯的世界：
　　容不得恋爱，容不得恋爱！
披散你的满头发，
赤露你的一双脚；
　　跟着我来，我的恋爱，
抛弃这个世界
殉我们的恋爱！

我拉着你的手，
爱，你跟着我走；
　　听凭荆棘把我们的脚心刺透，
　　听凭冰雹劈破我们的头，
你跟着我走，
我拉着你的手，
　　逃出了牢笼，恢复我们的自由！

跟着我来，
我的恋爱！
人间已经掉落在我们的后背，——
看呀，这不是白茫茫的大海？
白茫茫的大海，
白茫茫的大海，

无边的自由，我与你恋爱！
顺着我的指头看，
那天边一小星的蓝——
那是一座岛，岛上有青草，
鲜花，美丽的走兽与飞鸟；
快上这轻快的小艇，
去到那理想的天庭——
恋爱，欢欣，自由——辞别了人间，永远！

简 析

徐志摩是一位情感浓烈且富于浪漫气质的诗人，他对爱情的追求尤其执著和热烈，这首诗可以明显感觉到诗人近乎疯狂的呼号和几乎祈求的倾诉。第一节直言世界的懦弱和对自由恋爱的封闭保守态度；第二节讲“我”和“你”冲破世俗樊篱，一起勇敢走向恋爱的决心和毅力；第三节幻想了一座美丽的世外小岛，在那儿“你”“我”冲破世俗阻挠，享受自由恋爱的幸福生活。这首诗形式自由，更显出诗人感情的炽热和情感的强烈。诗人的炽热情怀和他的留学生活经历不无关系，欧美的留学生活，给了他自由恋爱思想，这与当时中国封建式的婚姻方式发生了强烈的冲突，这是他写作这首诗歌的根本原因。

不再是我的乖乖

一

前天我是一个小孩，
这海滩最是我的爱；
早起的太阳赛如火炉，
趁暖和我来做我的工夫：
捡满一衣兜的贝壳，
在这海沙上起造宫阙：
哦，这浪头来得凶恶，
冲了我得意的建筑——
我喊一声海，海！
你是我小孩儿的乖乖！

二

昨天我是一个"情种"，
到这海滩上来发疯；
西天的晚霞慢慢的死，
血红变成姜黄又变紫，
一颗星在半空里窥伺，
我匍匐在沙堆里画字，

一个字，一个字，又一个字，
谁说不是我心爱的游戏？
我喊一声海，海！
不许你有一点儿的更改！

三

今天！咳，为什么要有今天？
不比从前，没了我的疯癫，
再没有小孩时的新鲜，
这回再不来这大海的边沿！
头顶不见天光的方便，
海上只闻沉沉的一片，
暗潮侵蚀了沙字的痕迹，
却冲不淡我悲惨的颜色——
我喊一声海，海！
你从此不再是我的乖乖！

简 析

亲人的离世、爱情的不如意以及国家局势的动荡使得这位一直信奉浪漫与理想主义的诗人陷入了苦恼与愁闷之中。前天还是一个小孩的“我”在深爱的海滩上玩耍，捡贝壳，建宫阙，虽然得意之作遭浪冲毁，还是傻傻地相信“你是我的乖乖”；昨天变成一个“情种”的“我”在深爱的海滩上发疯，看晚霞死去，在沙堆上画字，单方面、一厢情愿、固执地“不许你有一点儿的更改”；今天无法阻止地到来，现实无法改变地残酷，“我”没有了小孩的新鲜，没有了自由的疯癫，染上了暗潮都冲不淡的悲惨的颜色，清醒地承认：海，“从此不再是我的乖乖”，喊出来，放手了，心死了。

多谢天！我的心又一度的跳荡

多谢天！我的心又一度的跳荡，
这天蓝与海青与明洁的阳光
驱净了梅雨时期无欢的踪迹，
也散放了我心头的网罗与纽结，
像一朵曼陀罗花英英的露爽，
在空灵与自由中忘却了迷惘：——
迷惘，迷惘！也不知来自何处，
囚禁着我心灵的自然的流露，
可怖的梦魇，黑夜无边的惨酷，
苏醒的盼切，只增剧灵魂的麻木！
曾经有多少的白昼，黄昏，清晨，
嘲讽我这蚕茧似不生产的生存？
也不知有几遭的明月，星群，晴霞，
山岭的高亢与流水的光华……
辜负！辜负自然界叫唤的殷勤，
惊不醒这沉醉的昏迷与顽冥！

如今，多谢这无名的博大的光辉，
在艳色的青波与绿岛间萦回，
更有那渔船与航影，亭亭的黏附
在天边，唤起辽远的梦景与梦趣：
我不由得惊悚，我不由得感愧

(有时微笑的妩媚是启悟的棒槌！)
是何来倏忽的神明，为我解脱
忧愁，新竹似的豁裂了外箨，
透露内里的青篁，又为我洗净
障眼的盲翳，重见宇宙间的欢欣。

这或许是我生命重新的机兆；
大自然的精神！容纳我的祈祷，
容许我的不踌躇的注视，容许
我的热情的献致，容许我保持
这显示的神奇，这现在与此地，
这不可比拟的一切间隔的毁灭！
我更不问我的希望，我的惆怅，
未来与过去只是渺茫的幻想，
更不向人间访问幸福的进门，
只求每时分给我不死的印痕，——
变一颗埃尘，一颗无形的埃尘，
追随着造化的车轮，进行，进行，……

简析

此诗应作于徐志摩游历欧洲回国之后，诗人经受了漫长的与恋人分隔的煎熬，终于回到了陆小曼的身边，长期思念的人儿突然出现在眼前使得诗人的心又一度地跳荡！喜悦欢喜之情从心底溢出，驱散心头的网罗与纽结，天蓝海清阳光明媚，久违的爱情的会晤像一朵“曼陀罗花”，“露爽”地开在志摩的心头，虽然一度在清晨黄昏中、明月星群下迷惘。如今，相见的巨大魔力照耀了诗人的世界，青波与绿岛、渔船与航影变得清新可爱，没有踌躇，没有惆怅，不问过去，不管未来，只求追随造化的车轮，安静地活在当下。

我有一个恋爱

我有一个恋爱；——
我爱天上的明星；
我爱他们的晶莹：
　人间没有这异样的神明。

在冷峭的暮冬的黄昏，
在寂寞的灰色的清晨，
在海上，在风雨后的山顶——
　永远有一颗，万颗的明星！

山涧边小草花的知心，
高楼上小孩童的欢欣，
旅行人的灯亮与南针；——
　万万里外闪烁的精灵！

我有一个破碎的魂灵，
像一堆破碎的水晶，
散布在荒野的枯草里——
　饱啜你一瞬瞬的殷勤。

人生的冰激与柔情，
我也曾尝味，我也曾容忍；

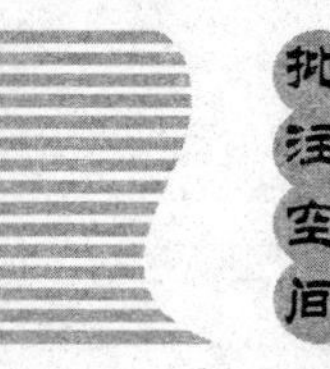

有时阶砌下蟋蟀的秋吟，
　　引起我心伤，逼迫我泪零。

我袒露我的坦白的胸襟，
　　献爱与一天的明星；
任凭人生是幻是真，
地球存在或是消泯——
　　天空中永远有不昧的明星！

简析

这首诗主题是爱，但不是个人情爱，是诗人对世界上美好纯真事物与感情的大爱，诗人爱的是“天上的明星”，带有自然和情感双重属性的明星，胡适曾说：“爱是他的宗教、他的上帝。”徐志摩向来宣称自己是一个没有确切信仰的人，他唯一所信奉的就是爱。诚如梁实秋所说“志摩的单纯的信仰，换个说法，即是‘浪漫的爱’”。在这首诗中，诗人直白、赤裸裸地歌颂了自己单纯、朴素的爱。黄昏、清晨、海上、山顶，明星永远在；小草花的知心、孩童的欢心、旅人的方向，明星永远闪烁；这明星抚慰我破碎的魂灵，安慰我难掩的心伤。我也将无怨无悔地献爱予一天的明星，选择相信：海枯石烂，明星永远不昧。

月下雷峰影片

我送你一个雷峰塔影，
　满天稠密的黑云与白云；
我送你一个雷峰塔影，
　明月泻影在眠熟的波心。

深深的黑夜，依依的塔影，
　团团的月彩，纤纤的波鳞——
假如你我荡一支无遮的小艇，
　假若你我创一个完全的梦境！

简 析

诗人曾说“我不爱什么九曲，也不爱什么三潭，我爱在月下看雷峰静极了的影子——我见了那个，便不要性命”，可见月下雷峰影子之美，可见诗人对它钟情之深，这首小诗就为读者展示一幅明暗交织的画，营造了一个静谧惬意的意境，这也正是新月派主张诗歌“绘画美”的体现。夜已深深，人已安眠，一切声响都沉寂了，彩云追月，月凉如水，塔影依依，波光纤纤，这样的景色怎能不让人着迷，不让人出神？看着波心微微摇颤的稠密的影子和如银般闪动的月光，整个人变得安静又暗生喜悦之情。诗的最后两句表达了诗人一丝遗憾与愿望：在这样的美景中，你我神仙眷侣泛舟月下，如梦如幻，岂不更好？

批注空间

沪杭车中

匆匆匆！催催催！
一卷烟，一片山，几点云影，
一道水，一条桥，一支橹声，
一林松，一丛竹，红叶纷纷：

艳色的田野，艳色的秋景，
梦境似的分明，模糊，消隐，——
催催催！是车轮还是光阴？
催老了秋容，催老了人生！

简析

这首诗作于1923年10月，初名《沪杭道中》，改名《沪杭车中》后，更加突出了现代交通工具——火车给人带来的崭新的时空体验。“匆匆匆！催催催！”是对火车行进的拟声，选“匆”、“催”二字则从字面上突出了时间的不容分说的促迫感。在这种促迫中，原本浑然一体的自然，被切割成碎片，以蒙太奇方式涌入眼帘：“一卷烟，一片山，几点云影，/一道水，一条桥，一支橹声，/一林松，一丛竹，红叶纷纷。”而农业文明下人内心的和谐静谧也“模糊，消隐”，荡然无存。末尾诗人惊叹“催老了秋容，催老了人生！”除了慨叹，也含有催人正视时间、珍惜人生的提醒。

乡村里的音籁

小舟在垂柳荫间缓泛——
　一阵阵初秋的凉风，
　吹生了水面的漪绒，
吹来两岸乡村里的音籁。

我独自凭着船窗闲憩，
　静看着一河的波幻，
　静听着远近的音籁，——
又一度与童年的情景默契！

这是清脆的稚儿的呼唤，
　田场上工作纷纭，
　竹篱边犬吠鸡鸣：
但这无端的悲感与凄惋！

白云在蓝天里飞行：
　我欲把恼人的年岁，
　我欲把恼人的情爱，
托付与无涯的空灵——消泯；

回复我纯朴的，美丽的童心：
　像山谷里的冷泉一勺，

像晓风里的白头乳鹊，
像池畔的草花，自然的鲜明。

简析

读罢这首《乡村的音籁》，一幅悠然、闲适、无世俗庞杂的乡村美景图浮现眼前。初秋里，小舟荡漾在柳荫间，微风阵阵，轻歌袅袅，这轻歌不是悠扬的乐曲而是农家的生活之声：田场上的耕作之声，竹篱边的鸡鸣犬吠，山谷中的冷泉叮咚，清风中的雏鸟嘤嘤……在这鲜明的自然之境中，作者可以忘记“恼人的年岁”和“恼人的情爱”，心灵顿时变得质朴又纯真。这首诗歌以自然风光和田园生活为中心，寄托以浓厚的喜爱与喜悦之情，虽无超脱的技巧或是伟大的情感，但却抒发了一种乐于自然、闲于原野的轻松与畅快。

批注空间

朝雾里的小草花

这岂是偶然，小玲珑的野花!
　你轻含着鲜露颗颗，
　怦动的，像是慕光明的花蛾，
在黑暗里想念焰彩，晴霞；

我此时在这蔓草丛中过路，
　无端的内感，惆怅与惊讶，
　在这迷雾里，在这岩壁下，
思忖着，泪怦怦的，人生与鲜露?

简析

在徐志摩看来，朝雾里的小草花，不是偶然，而属必然。尽管身陷朝雾，但并非没有方向；在迷蒙的黑暗里，心慕光明，有如花蛾，无畏牺牲，敢于冲破无边的落寞，向着“焰彩”和“晴霞”轻含鲜露，绚美而开。于是，在诗人的笔下这种渺小的事物便成了拥有无穷意志的生命个体。面对这样一种怦然心动的美，作者又怎能不内感，“惆怅”与“惊讶”？朝雾里的小草花，是草，亦是花，它是顽强、热烈、自信的化身。在迷雾里，在岩壁下，它啜饮寂寞而清冷的人生鲜露，这样的生命又何尝不是作者的人生写照?

在那山道旁

在那山道旁，一天雾濛濛的朝上，
初生的小蓝花在草丛里窥觑，
我送别她归去，与她在此分离，
在青草里飘拂，她的洁白的裙衣。

我不曾开言，她亦不曾告辞，
驻足在山道旁，我暗暗的寻思；
“吐露你的秘密，这不是最好时机？”——
露沾的小花，仿佛恼我的迟疑。

为什么迟疑，这是最后的时机，
在这山道旁，在这雾盲的朝上？
收集了勇气，向着她我旋转身去：——
但是啊，为什么她满眼凄惶？

我咽住了我的话，低下了我的头：
火灼与冰激在我的心胸间回荡，
啊，我认识了我的命运，她的忧愁，——
在这浓雾里，在这凄清的道旁！

在那天朝上，在雾茫茫的山道旁，
新生的小蓝花在草丛里睥睨

我目送她远去，与她从此分离——
在青草间飘拂，她那洁白的裙衣！

批注空间

简 析

读完这首诗，我们仿佛看到了一个羞涩、满怀心事、略带紧张的男生和一个同样羞涩、满怀心事、有苦衷的女生，并为这次这样的分别不甘心，感到遗憾却又无能为力。这首诗写了在雾濛濛的早上，在山道旁的一次送别，这送别有不舍，却不是难舍难分；这送别有话要说，却没有说出口；这送别想挽留，却没有拉住她的手。这首诗写了爱情，不是炽热的热恋中的浓情蜜意，而是彼此心意相通、心照不宣却又不能表明心迹的充满无奈与顾虑的爱情。男生一直在心里反复练习，鼓励自己，给自己勇气，让自己把握这最后的机会，可是最后还是败给了现实、败给了命运。男生深爱的洁白的裙衣一直飘在他的眼前，火灼与冰激也一直在胸中回荡。

石虎胡同七号

我们的小园庭，有时荡漾着无限温柔：
善笑的藤娘，袒酥怀任团团的柿掌绸缪，
百尺的槐翁，在微风中俯身将棠姑抱搂，
黄狗在篱边，守候睡熟的珀儿，他的小友，
小雀儿新制求婚的艳曲，在媚唱无休——
我们的小园庭，有时荡漾着无限温柔。

我们的小园庭，有时淡描着依稀的梦景；
雨过的苍茫与满庭荫绿，织成无声幽瞑，
小蛙独坐在残兰的胸前，听隔院蚓鸣，
一片化不尽的雨云，倦展在老槐树顶，
掠檐前作圆形的舞旋，是蝙蝠，还是蜻蜓？——
我们的小园庭，有时淡描着依稀的梦景。

我们的小园庭，有时轻喟着一声奈何；
奈何在暴风雨时，雨槌下捣烂鲜红无数，
奈何在新秋时，未凋的青叶惆怅地辞树，
奈何在深夜里，月儿乘云艇归去，西墙已度，
远巷薤露的乐音，一阵阵被冷风吹过——
我们的小园庭，有时轻喟着一声奈何。

我们的小园庭，有时沉浸在快乐之中；
雨后的黄昏，满院只美荫，清香与凉风，
大量的蹇翁，巨樽在手，蹇足直指天空，
一斤，两斤，杯底喝尽，满怀酒欢，满面酒红，
连球的笑响中，浮沉着神仙似的酒翁——
我们的小园庭，有时沉浸在快乐之中。

简析

石虎胡同七号位于北京西单，是北京松坡图书馆，徐志摩曾在此工作过。如同英国的康桥给了诗人独家记忆，这个古都小园庭也给了诗人温馨回忆。这个小园庭中“藤娘”、“槐翁”、“黄狗”、“小雀儿”也似沾染了诗人的情调，用无限的柔情蜜意来静静地守候、挑逗地歌唱；这个小园庭中雨后的苍茫、荫绿、青蛙、蜻蜓、挂在槐树顶上的一片云，织成了一个依稀的梦景，亦真亦幻；这个小园庭中也有被雨打下的落红、辞树的青叶、辞夜的月、消散风中的乐音，无可奈何，轻叹一声；这个小园庭中有美景可欣赏，有友人可畅饮，快乐惬意。我们看到了四幅有动有静、有声有色、有情有意的生活场景，也看到了诗背后超然物外、追求宁静生活的诗人情怀。

批注空间

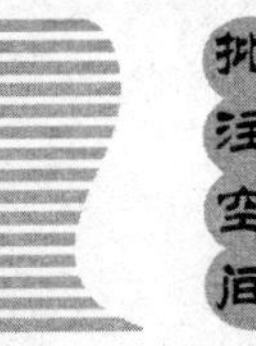

先生！先生！

钢丝的车轮
在偏僻的小巷内飞奔——
“先生，我给先生请安，您哪，先生。”

迎面一蹲身，
一个单布褂的女孩颤动着呼声——
雪白的车轮在冰冷的北风里飞奔。

紧紧的跟，紧紧的跟，
破烂的孩子追赶着铄亮的车轮：
“先生，可怜我一大化吧，善心的先生！

“可怜我的妈，
她又饿又冻又病，躺在道儿边直呻——
您修好，赏给我们一顿窝窝头，您哪，先生！”

“没有带子儿。”
坐车的先生说，车里戴大皮帽的先生——
飞奔，急转的双轮，紧追小孩的呼声。

一路旋风似的土尘，
土尘里飞转着银晃晃的车轮——

“先生，可是您出门不能不带钱，您哪，先生。”
“先生……先生！”
紫涨的小孩，气喘着，断续的呼声——
飞奔，飞奔，橡皮的车轮不住的飞奔。

飞奔……先生……
飞奔……先生……
先生……先生……先生……

简析

读罢这首诗我们仿佛看到了一个瘦弱单薄的小女孩在追赶一辆卷着尘土远去的汽车，汽车飞奔而去，小女孩跑得脸色紫涨，气喘吁吁，哭喊哀求的声音飘散在呼啸的北风中。她的可怜与争取没有换来半点坐在汽车里先生的同情，她依旧喊着“先生！先生！”这无力的徒劳被飞奔的车轮碾碎，小女孩没有痛哭，她早已习惯了吧！她顾不上痛哭，要“紧紧的跟，紧紧的跟”，为了母亲、为了治病、为了填饱肚子、为了活命。这也是徐志摩的一首批判当时社会状况的诗，小女孩的单布褂与先生的大皮帽形成强烈反差，小女孩呼声的颤动与先生回答的冷漠形成鲜明对比，让读者深刻地认识到那个时代的不公平。

太平景象

“卖油条的，来六根——再来六根。”
“要香烟吗，老总们，大英牌，大前门？
多留几包也好，前边什么买卖都不成。”

“这枪好，德国来的，装弹时手顺；”
“我哥有信来，前天，说我妈有病；”
“哼，管得你妈，咱们去打仗要紧。”

“亏得在江南，离着家千里的路程，
要不然我的家里人……唉，管得他们
眼红眼青，咱们吃粮的眼不见为净！”

“说是，这世界！做鬼不幸，活着也不称心；
谁没有家人老小，谁愿意来当兵拼命？”
“可是你不听长官说，打伤了有恤金？”

“我就不稀罕那猫儿哭耗子的‘恤金’！
脑袋就是一个，我就想不透为么要上阵，
砰，砰，打自个儿的弟兄，损己，又不利人。

“你不见李二哥回来，烂了半个脸，全青？
他说前边稻田里的尸体，简直像牛粪，

全的，残的，死透的，半死的，烂臭，难闻。”

“我说这儿江南人倒懂事，他们死不当兵；
你看这路旁的皮棺，那田里玲巧的享亭，
草也青，树也青，做鬼也落个清静：

“比不得我们——可不是火车已经开行？——
天生是稻田里的牛粪——唉，稻田里的牛粪！”
“喂，卖油条的，赶上来，快，我还要六根。”

简析

残酷的社会现实、无意义的军阀混战激起了诗人强烈的不满和愤怒，“太平景象”就是一个讽刺，表面的太平是江南人自保的逃避，也是到南方来打仗的当兵的自我欺骗的逃避。全诗是几个士兵吃油条时，做买卖的与士兵之间的对话，如实地、赤裸裸地、平静地、无可奈何地展示了当时的实情。士兵要吃饭、要抽烟、要打仗，士兵也有兄弟、有父母、有妻儿，他们为长官拼命的同时也有家人要担心，他们心里很清楚：自己只能自欺欺人的眼不见为净，猫哭耗子的抚恤金换不来性命，死掉的弟兄被牛粪般乱抛没人装殓，自己的命运随着火车开动也逃不过这个结局，唯愿做鬼落个清静。就着油条谈论如此惨无人道的事情，透露着士兵们一份无奈的自嘲。

恋爱到底是什么一回事

恋爱他到底是什么一回事？——
他来的时候我还不曾出世；
太阳为我照上了二十几个年头，
我只是个孩子，认不识半点愁；
忽然有一天——我又爱又恨那一天——
我心坎里痒齐齐的有些不连牵，
那是我这辈子第一次的上当，
有人说是受伤——你摸摸我的胸膛——
他来的时候我还不曾出世，
恋爱他到底是什么一回事？

这来我变了，一只没笼头的马，
跑遍了荒凉的人生的旷野；
又像是那古时间献璞玉的楚人，
手指着心窝，说这里面有真有真，
你不信时一刀拉破我的心头肉，
看那血淋淋的一掬是玉不是玉；
血！那无情的宰割，我的灵魂！
是谁逼迫我发最后的疑问？
疑问！这回我自己幸喜我的梦醒，
上帝，我没有病，再不来对你呻吟！
我再不想成仙，蓬莱不是我的分；

我只要这地面，情愿安分的做人，——
从此再不问恋爱是什么一回事，
反正他来的时候我还不曾出世！

批注空间

简析

鲁迅说过：“青年人有写爱情诗的权利。”而徐志摩则将这种权利发挥得最妙。《恋爱到底是什么一回事》实质上表现了一场爱情历练的过程，由初恋时的冲动和懵懂——“心坎里痒齐齐的有些不连牵”，一不小心便有了“这辈子第一次的上当”，于是我变了，为了在感情的波折中表露真心，便开始敞开心扉，剖析灵魂，“心血”为证，楚人献玉的方式才足见真心！直到，梦已破碎，情亦冷却，心却还在。因此，我“幸喜我的梦醒”，“我再不想成仙，蓬莱不是我的分；我只要这地面，情愿安分的做人”，瞩目现实，不尚虚幻的愿望，告别那在海滩上高吟低唱而不怕海涛吞没的浪漫的勇士形象，回归现实，这便是爱情的觉醒。

留别日本

我惭愧我来自古文明的乡国，
　　我惭愧我脉管中有古先民的遗血，
我惭愧扬子江的流波如今溷浊，
　　我惭愧——我面对着富士山的清越！

古唐时的壮健常萦我的梦想：
　　那时洛邑的月色，那时长安的阳光；
那时蜀道的啼猿，那时巫峡的涛响；
　　更有那哀怨的琵琶，在深夜的浔阳！

但这千余年的痿痹，千余年的懵懂：
　　更无从辨认——当初华族的优美，从容！
摧残这生命的艺术，是何处来的狂风？——
　　缅念那遍中原的白骨，我不能无恫！

我是一枚飘泊的黄叶，在旋风里飘泊，
　　回想所从来的巨干，如今枯秃；
我是一颗不幸的水滴，在泥潭里匍匐——
　　但这干涸了的涧身，亦曾有水流活泼。

我欲化一阵春风，一阵吹嘘生命的春风，
　　催促那寂寞的大木，惊破他深长的迷梦；

我要一把崛强的铁锹，铲除淤塞与壅肿，
开放那伟大的潜流，又一度在宇宙间汹涌。

为此我羡慕这岛民依旧保持着往古的风尚，
在朴素的乡间想见古社会的雅驯，清洁，壮旷；
我不敢不祈祷古家邦的重光，但同时我愿望——
愿东方的朝霞永葆扶桑的优美，优美的扶桑！

简 析

徐志摩的诗以近乎浮华奢靡的文风见长，诗歌情感多是取于优美的诗歌意象，华兹华斯曾言："诗是情感的自由流露。"徐志摩的诗歌情感似乎并不是通过对情感的过分执著而完成的，而是像中国古代的诗歌一样，将一种"浓到化不开的"情感融入意象。使诗歌情感不至于喷薄而出，而是将情感淡化，娓娓道来，最后情感的流露达到"化不开"。这首诗徐志摩将对祖国的热爱和对日本的留恋融入到"我"的身体中，使"我"这一意象成为情感的载体，读者通过对"我"的言行和情感的体验来达到对本诗情感的体验。

批注空间

沙扬娜拉（第十八首）

赠日本女郎

最是那一低头的温柔，
　像一朵水莲花不胜凉风的娇羞，
道一声珍重，道一声珍重，
　那一声珍重里有蜜甜的忧愁——
　　沙扬娜拉！

简 析

这是1924年徐志摩随泰戈尔访日期间写的内容相联而又各自独立成篇的组诗《沙扬娜拉十八首》的第十八首，日本女郎的娇柔妩媚、笑靥柔情给了诗人无限美好的回味，诗人用他的才华，在短短五行诗句中表达了对日本女郎依依惜别之情，也让我们仿佛看到了一位温柔美丽的日本女郎。诗的第一句抓住了女郎在临别之际最打动诗人的神态：低头不语、含情脉脉、含羞带笑。第二句最是神来之笔，以凉风吹拂下的水莲花作比，更突显了日本女郎的柔媚羞涩的风致，给了读者偌大的想象空间，女郎的美变得鲜活灵动。分别在即，相见无期，不是无话可说，而是欲言又止，千言万语不知从何说起，无限意味尽在一句句珍重里，最后以一句“沙扬娜拉”收束小诗、收束离别、收束眷恋。

批注空间

一小幅的穷乐图

巷口一大堆新倒的垃圾，
大概是红漆门里倒出来的垃圾，
其中不尽是灰，还有烧不烬的煤，
不尽是残骨，也许骨中有髓，
骨坳里还粘着一丝半缕的肉片，
还有半烂的布条，不破的报纸，
两三梗取灯儿，一半枝的残烟；

这垃圾堆好比是个金山，
山上满偻着寻求黄金者，
一队的褴褛，破烂的布裤蓝袄，
一个两个数不清高搊的臂腰，
有小女孩，有中年妇，有老婆婆，
一手挽着筐子，一手拿着树条，
深深的弯着腰，不咳嗽，不唠叨，
也不争闹，只是向灰堆里寻捞，
向前捞捞，向后捞捞，两边捞捞，
肩挨肩儿，头对头儿，拨拨挑挑，
老婆婆捡了一块布条，上好一块布条！
有人专捡煤渣，满地多的煤渣，
妈呀，一个女孩叫道，我捡了一块鲜肉骨头，
回头熬老腐吃，好不好？

一队的褴褛，好比个走马灯儿，
转了过来，又转了过去，又过来了，
有中年妇，有女孩小，有婆婆老，
还有夹在人堆里趁热闹的黄狗几条。

简 析

这首诗为我们展现了这样一幅图景：在巷口有一大堆新倒出来的垃圾，都是红漆门里富人扔掉不要的东西，有没烧尽的煤，没吃净肉的骨头，没穿破的衣服，没抽完的烟，这堆垃圾却成了另一群人的宝贝与宝藏，小女孩、中年妇女、老婆婆围着它，安静、认真、专心致志地找着自己想要的东西，有了意外收获还忍不住大声地说出自己的喜悦。这是一幅穷人讨生活的图景，他们简单卑微的欢乐让我们心酸，我们看到了那个黑暗的社会时代里下层人民生活的艰辛，富人与穷人之间生活的天壤之别。诗的题目就极具讽刺意味，这首诗用反讽的手法把意义表达得深刻、刺骨，让人深思。

批注空间

青年曲

泣与笑，恋与愿与恩怨，
难得的青年，倏忽的青年，
前面有座铁打的城垣，青年，
你进了城垣，永别了春光，
永别了青年，恋与愿与恩怨！

妙乐与酒与玫瑰，不久住人间，
青年，彩虹不常在天边，
梦里的颜色，不能永葆鲜妍，
你须珍重，青年，你有限的脉搏，
休教幻景似的消散了你的青年！

（选自《志摩的诗》）

简 析

《青年曲》一诗是作者对青年的劝解之作。虽作者之意在于劝解，但在诗文中更多地夹杂着温暖与关怀。作者对“青年”是如此的珍惜，他们“难得”又“鲜妍”。他通过一贯清新自然的文风将这种关怀和希望毫无造作地表现出来，他希望青年们认清狂欢的“酒”、“玫瑰”与美好却虚幻的“彩虹”与梦境，珍惜这不易的青春与似水的年华，切莫在这世俗与虚幻中碌碌无为、虚度年华。诗中的语句亦有心长郑重之意，令人感慨，娓娓道来，却又字字珠玑，不由得引人深思。

珊　瑚

你再不用想我说话，
我的心早沉在海水底下；
你再不用向我叫唤：
因为我——我再不能回答！

除非你——除非你也来在
这珊瑚骨环绕的又一世界；
等海风定时的一刻清静，
你我来交互你我的幽叹。

简析

这首诗短短几句却将失恋时的心情描写得细腻准确、干净明了。诗人选取了“珊瑚”这一意象来表达自己的情感，珊瑚，默默地在海底守着自己的世界、自己的心伤，听海风浪涌，看光影明暗，和恋人分开后的心正如这珊瑚，沉到最深的海底，不能言，不能语，但是，诗人仍抱有幻想，难以了断，“不用想我说话”，“不用向我叫唤”，实际上是正话反说，万分地希望你来跟我说话，来我的世界看看，在这个世界中，等待天地都安静的那一刻，说说往事的美好，别后的不舍，重归于好。在诗的最后，诗人的话似乎没有说完，或者说给自己留个尊严，没敢说完，或者说呵护这种幻想的感觉，没必要说完——我并不想一直做珊瑚，你来，把我带出这海底。

大 帅

（见日报，前敌战士，随死随掩，
间有未死者，即被活埋。）

“大帅有命令：以后打死了的尸体
再不用往回挪（叫人看了挫气，）
　就在前边儿挖一个大坑，
　拿瘪了的弟兄给往里掷，
　　掷满了给平上土，
　　给它一个大糊涂，
　　也不用给做记认，
　　管他是姓贾姓曾！
也好，省得他们家里人见了伤心；
　娘抱着个烂了的头，
　弟弟提溜着一只手，
新娶的媳妇到手个脓包的腰身！”

“我说这坑死人也不是没有味儿，
有那西晒的太阳做我们的伴儿，
瞧我这一抄，抄住了老丙，
他大前天还跟我吃烙饼，
　　叫了壶大白干，
　　咱们俩随便谈，

批注空间

我知道他那神气，
一只眼老是这挤：
谁想他来不到三天就做了炮灰，
老丙他打仗倒是勇，
你瞧他身上的窟窿！——
去你的，老丙，咱们来就是当死胚！

“天快黑了，怎么好，还有这一大堆？
听炮声，这半天又该是我们的毁！
麻利点儿，我说你瞧，三哥，
那黑剌剌的可不又是一个？
嘿，三哥，有没有死的，
还开着眼流着泪哩！
我说三哥这怎么来，
总不能拿人活着埋！”——
“吁，老五，别言语，听大帅的话没有错：
见个儿就给铲
见个儿就给埋，
躲开，瞧我的；欧，去你的，谁跟你　嗦！”

简 析

这是批判军阀混战，揭露“大帅”不把士兵当人看，随便掩埋尸体、活埋伤员罪行的一首诗。诗的主体是一段对话，前线战士之间在埋死去的战士的尸体时的对话，非常口语、直白、真实，印证了报纸上的话。死了的不做登记，“可怜无定河边骨，犹是春闺梦里人”；大前天还一起吃饭喝酒的战友，今天就要亲手掩埋他的尸体，眉眼神气还记得清清楚楚的呢；果然有没有死的，开着眼流着泪望着你，可是战士没有时间和同情心来救他了。埋尸体的战士在执行“大帅”的命令，“听大帅的没有错”，可是军阀混战时期的大帅只顾自己争地盘，眼里根本没有为他卖命的战士。

“这年头活着不易”

昨天我冒着大雨到烟霞岭下访桂：
　　南高峰在烟霞中不见，
　　在一家松茅铺的屋檐前
　　我停步，问一个村姑今年
翁家山的桂花有没有去年开的媚，

那村姑先对着我身上细细地端详：
　　活像只羽毛浸瘪了的鸟，
　　我心想，她定觉得蹊跷，
　　在这大雨天单身走远道，
倒来没来头的问桂花今年香不香。

“客人，你运气不好，来得太迟又太早；
　　这里就是有名的满家弄，
　　往年这时候到处香得凶，
　　这几天连绵的雨，外加风，
弄得这稀糟，今年的早桂就算完了。”

果然这桂子林也不能给我点子欢喜：
　　枝上只见焦萎的细蕊，
　　看着凄惨，唉，无妄的灾！

为什么这到处是憔悴？
这年头活着不易！这年头活着不易！

西湖·九月

简析

这首诗读来饶有趣味，仿佛在看一小出有场景、有情节、有人物、有感情的戏剧，这便是“戏剧”体的叙事诗吧！大雨天，烟霞笼罩了山峰，“我”一直记着去年桂花的香、桂花的媚，今年单身远道顶风冒雨再来相见，以期再见到这份记忆中的美好，排解俗世中的纷扰，给忧愁的心绪带来一点欢喜。停步借问，村姑端详，实情相告，运气不好，来得不巧，今年风雨，桂花凋谢了。果然，焦萎的细蕊徒增更深的感叹！去年今日，人面桃花，今年今日，美人何处，桃花笑我。去年元夕，相约相望，今年元夕，倩影无期，灯月如旧。这首“这年头活着不易”似乎不只是寻访不得，空余惆怅之情，是什么现实让诗人不惜一番跋涉以期一点欢喜，并且寻桂不见得出了“这年头活着不易”的感叹呢？许是当时的生活时代、社会环境使然吧！但作者的感情我们是可以体会的。

西伯利亚

西伯利亚——我早年时想象
你不是受上天恩情的地域：
荒凉、严肃、不可比况的冷酷。
在冻雾里，在无边的雪地里，
有局促的生灵们，半像鬼，枯瘦
黑面目，佝偻，默无声的工作。
在他们，这地面是寒冰的地狱，
天空不留一丝霞采的希冀，
更不问人事的恩情，人情的旖旎；
这是为怨郁的人间淤藏怨郁，
茫茫的白雪里渲染人道的鲜血，
西伯利亚，你象征的是恐怖，荒虚。

但今天，我面对这异样的风光——
不是荒原，这春夏间的西伯利亚，
更不见严冬时的坚冰、枯枝、寒鸦；
在这乌拉尔东来的田草，茂旺，葱秀，
牛马的乐园，几千里无际的绿洲，
更有那重叠的森林，赤松与白杨，
灌属小丛林，手挽手的滋长；
那赤皮松，像巨万赭衣的战士，
森森的，悄悄的，等待冲锋的号示，

那白杨，婀娜的多姿，最是那树皮；
白如霜，依稀林中仙女们的轻衣；
就这天——这天也不是寻常的开朗：
看，蓝空中往来的是轻快的仙航——
那不是云彩，那是天神们的微笑，
琼花似的幻化在这圆穹的周遭……

一九二五年过西伯利亚倚车窗眺景随笔

简析

本诗写于1925年3月，当时徐志摩正赴欧洲旅行，苏联是他行程中的一站。诗的前半部分描写了诗人早年想象中的苏联的悲惨、恐怖情景——不受上天眷顾，人间地狱般的荒凉寒冷，生灵们挣扎艰辛得活着，没有希望，没有温情，西伯利亚仿佛就是怨郁之气郁结之地，后半部分描写了现实中西伯利亚生机勃勃的模样——上天没有忘记它，人间天堂般的秀美繁盛。牛马快乐自由地吃草，充满期待，充满友爱，西伯利亚仿佛就是钟灵之气聚集之地。这首诗写出了苏联在经过十月革命之后，国家由落后走向安定富强的转变，隐隐透露出诗人对中国有朝一日也通过革命摆脱落后与欺压的命运的希望。

海　韵

一

“女郎，单身的女郎，
你为什么留恋
这黄昏的海边？
女郎，回家吧，女郎！”
“啊不；回家我不回，
我爱这晚风吹：”——
　在沙滩上，在暮霭里，
有一个散发的女郎——
　　　徘徊，徘徊，

二

“女郎，散发的女郎，
你为什么彷徨
在这冷清的海上？
女郎，回家吧，女郎！”
“啊不；你听我唱歌，
大海，我唱，你来和：”——
　在星光下，在凉风里，

轻荡着少女的清音——
　　高吟，低哦。

三

“女郎，胆大的女郎！
那天边扯起了黑幕，
这顷刻间有恶风波，
女郎，回家吧，女郎！”
“啊不；你看我凌空舞，
学一个海鸥没海波：”——
　在夜色里，在沙滩上，
急旋着一个苗条的身影——
　　婆娑，婆娑。

四

“听呀，那大海的震怒，
女郎回家吧，女郎！
看呀，那猛兽似的海波，
女郎，回家吧，女郎！”
“啊不；海波他不来吞我，
我爱这大海的颠簸！”
　在潮里，在波光里，
啊，一个慌张的少女在海沫里，
　　蹉跎，蹉跎。

五

“女郎，在哪里，女郎？

在哪里，你嘹亮的歌声？
在哪里，你窈窕的身影？
在哪里啊，勇敢的女郎？
黑夜吞没了星辉，
　这海边再没有光芒；
海潮吞没了沙滩，
沙滩上再不见女郎，
　　　再不见女郎！

批注空间

简析

这首诗受到了语言学家赵元任的青睐，专门为它谱了曲，传唱一时，这份厚遇，在中国现代诗歌史上实在难得。全诗五节，用口语化的语言交代了一个完整的情节，单身女郎徘徊——歌唱——急舞婆娑——被淹入海沫——从沙滩上消失，这似乎是一个爱情悲剧，但诗中的单身女郎并不是现实生活中具体的“某一个”，她只是现实生活的可能，是一个具有概括性、象征性的形象，这个故事也只是一个故事，不是真实的爱情，而是理想的爱情。这首诗写于1925年，联系当时的社会背景，可以说这个勇敢而悲哀的年轻女郎的经历，隐含了那个时代的女性的普遍命运。这首诗在表达方式上也有它的独特之处，前景是诗的主角年轻女郎的行动，“我”则在故事背后与她对话，这样既突出了女主角的勇敢，又间接表达了“我”的意见，同时似乎也是大众的意见，读完让人有种面对着波涛汹涌的大海陷入深思的感觉。

春的投生

昨晚上，
再前一晚也是的，
在雷雨的猖狂中
春
　投生入残冬的尸体。

不觉得脚下的松软，
耳鬓间的温驯吗？
树枝上浮着青，
潭里水漾成无限的缠绵；
再有你我肢体上
胸膛间的异样的跳动；

桃花早已开上你的脸，
我在更敏锐的消受
你的媚，吞咽
你的连珠的笑；
你不觉得我的手臂
更迫切的要求你的腰身，
我的呼吸投射到你的身上
如同万千的飞萤投向光焰？

这些，还有别的许多说不尽的，
和着鸟雀们的热情的回荡，
都在手携手的赞美着
春的投生。

简 析

徐志摩对于爱情的追求和歌唱与对大自然的描写似乎永远交织在一起，并且相得益彰，精美缠绵。《春的投生》充分流露出诗人对新春到来的欢喜与激动，也流露出对像新春一样美好的爱情的无限憧憬。诗人轻轻柔柔地描绘了一幅美妙的春之图画：脚下是土地的松软，耳边是春风的温驯、眼前绿意的游荡，潭水的缠绵，江山如此多娇，江山如此多情，人儿自是怦然心动，心中自是春情萌动。“你”笑靥如花，眉目流转，“你”风姿绰约，撩拨心弦，我忍不住靠近。最后四句，赞颂爱情与赞颂自然再次融合，诗人的愉悦鲜活可感。

渺　小

我仰望群山的苍老，
　他们不说一句话。
阳光描出我的渺小，
　小草在我的脚下。

我一人停步在路隅，
　倾听空谷的松籁；
青天里有白云盘踞——
　转眼间忽又不在。

简　析

此诗作于1931年，正是诗人思想经历多次“波折”，政治理想完全破灭的时候，而工农革命又让他感到恐惧和抵触，他的思想开始陷入深深的矛盾与绝望当中，因此，他这一时期创作的诗歌，不同于以往充满幻想和浪漫主义情调的爱情诗，而是大部分染上了悲观厌世的色彩。这首诗中我仰望的巍峨苍老、一言不发的群山显出我的渺小；我享受的照耀万物的阳光显出我如小草般的渺小；空谷中纯粹洪大的松籁显出我的渺小，此时诗人内心已充满悲悯怜世之感，这渺小的人生，如那青天里盘踞的白云，飘忽不定，转瞬即逝，这种“自我的苦闷”正是诗人由浪漫主义向现实主义创作风格的转变的情感原因。

阔的海

阔的海空的天我不需要，
我也不想放一只巨大的纸鹞
上天去捉弄四面八方的风；
　　我只要一分钟
　　我只要一点光
　　我只要一条缝，——
像一个小孩爬伏
在一间暗屋的窗前
望着西天边不死的一条缝，
　一点光，
　一分钟。

简 析

这首诗歌在结构和语言技巧上都形成了极大的张力：从结构上看，作者有意注重诗句排列的视觉效果，最后一句以三角形的排列从表现形式上强调作者内心的追求与期盼，不仅易于吸引读者眼球，更便于读者对作者的情感进行体认。从语言技巧上看，诗歌通过“反讽”的手法将“我不要”和“我只要”的两种画面形成强烈对比。在诗歌的开头，“我不要”的倔强宣称在如孩童般渴望、孜孜以求那“一条缝”、“一点光”、“一分钟”的追求中推出，越是强调“不要”表明的便是更热烈的追求。不要辽阔与空旷，仅仅像个孩子一样想要一点点，这样的渴求可怜、卑微却十分顽强与执著，从中不难看出代表着自由和光明的“阔的海”和“空的天”对于作者或说任何一个有生命的人的重要性。

他眼里有你

我攀登了万仞的高冈，
荆棘扎烂了我的衣裳，
我向飘渺的云天外望——
　上帝，我望不见你！

我向坚厚的地壳里掏，
捣毁了蛇龙们的老巢，
在无底的深潭里我叫——
　上帝，我听不到你！

我在道旁见一个小孩：
活泼，秀丽，褴褛的衣衫；
他叫声妈，眼里亮着爱——
　上帝，他眼里有你！

一九二八年十一月二日星家坡

简析

细读诗歌，不难发现本诗的感情基调是伤感的，从“上帝，我望不见你”到“上帝，我听不到你”，诗人内心的失落、失望与伤感的情绪愈演愈浓。这首诗的情感抒发与其创作背景联系极大，当时的徐志摩在国内的处境相当艰难，加之他的个人情感问题也没有得到良好的处理，大“情”与小“爱”的纠结使其倍感忧伤。“荆棘扎烂了我的衣裳”，我却无法看到上帝，在“无底的深潭”里我大声地吼叫，上帝却无法得知，内心的压抑与忧郁无法释怀，感伤气息十分浓重。“小孩”在此诗中是希望的象征，可见在伤感的气氛中作者仍对未来有所期盼。

批注空间

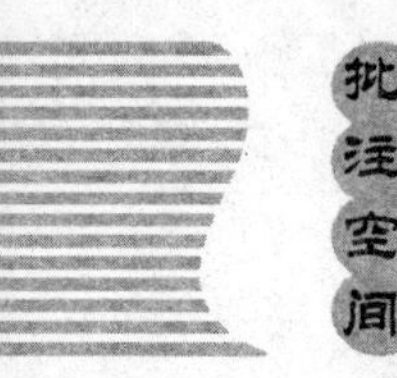

杜 鹃

杜鹃，多情的鸟，他终宵唱：
在夏荫深处，仰望着流云
飞蛾似围绕亮月的明灯，
星光疏散如海滨的渔火，
甜美的夜在露湛里休憩，
他唱，他唱一声“割麦插禾”，——
农夫们在天放晓时惊起。

多情的鹃鸟，他终宵声诉，
是怨，是慕，他心头满是爱，
满是苦，化成缠绵的新歌，
柔情在静夜的怀中颤动；
他唱，口滴着鲜血，斑斑的，
染红露盈盈的草尖，晨光
轻摇着园林的迷梦；他叫，
他叫，他叫一声“我爱哥哥！”

简析

批注空间

在《猛虎集·序文》中，徐志摩曾写道：“记得有一种成天教唱歌的鸟不到呕血不住口，它的歌声有它独自知道的别一个世界的愉快，也有它独自知道的悲哀与伤痛的鲜明……”这说的便是杜鹃——多情的鸟，终宵唱、终宵声诉的鸟。《杜鹃》的第一节中夏荫、流云、星光，甜美的夜，“割麦插禾”的叫声给人静谧愉悦之感，可是诗人写杜鹃这种鸟，感情绝不会止于此，诗的第二节，“我爱哥哥”点明这痴鸟自有它的爱与执著，静夜里、迷蒙中，它唱着，唱心中的苦与爱，口滴着鲜血，血迹染红了晨光，却在自己的世界里坚持，无怨无悔。

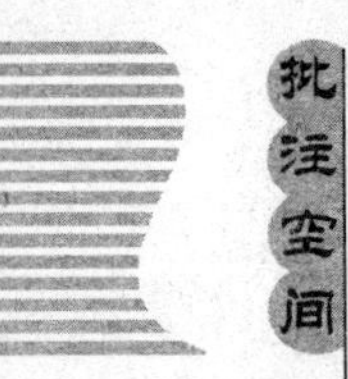

黄　鹂

一掠颜色飞上了树。
“看，一只黄鹂！”有人说。
翘着尾尖，它不做声，
艳异照亮了浓密——
像是春光，火焰，像是热情。

等候它唱，我们静着望，
怕惊了它，但它一展翅
冲破浓密，化一朵彩云；
它飞了，不见了，没了——
像是春光，火焰，像是热情。

简　析

这首诗写了一只不期而来又自顾自飞走了的黄鹂，它的到来给“我们”带来了光明、色彩和期待，我们小心翼翼、屏声敛气，等候它一展歌喉，可是它完全无视了它的停留对我们的意义，一展翅，飞走了。第一节写黄鹂飞来，“一掠颜色飞上了树”“翘着尾尖，它不做声”一个镜头，一动一静，一个定格，抓住了读者的眼球也抓住了读者的心，画出了黄鹂的外形，也画出了黄鹂的神，第二句写出了它的飞来所激起的清理，最后两句虚写，欢欣、愉悦之情真实可感。

第二节写了欢乐逝去，期待落空的惆怅，“它飞了，不见了，没了——”诗人用了三个词来说明同一意思，失望之情亦真实可感，最后一句与第一节最后一句相同，但已情怀迥异，感情逆转了。如诗人所说“痛苦与欢乐是浑成一片的”，欢乐似乎可望而不可即，转瞬即逝，留下的是长久的失落和痛苦。

批注空间

批注空间

山中

庭院是一片静，
　听市谣围抱；
织成一地松影——
　看当头月好！

不知今夜山中
　是何等光景；
想也有月，有松，
　有更深的静。

我想攀附月色，
　化一阵清风，
唤醒群松春醉，
　去山中浮动；

吹下一针新碧，
　掉在你窗前；
轻柔如同叹息——
　不惊你安眠！

一九三一年四月一日

简析

这首诗写于徐志摩生命的最后一年，当时林徽因在香山疗养肺病，诗人前去探望，看到了一直喜欢的人的憔悴，回来后一直挂心和想念，写下了这首饱含不尽情思的抒情诗。诗中写了两个地点，一个是诗人所在的城市中的庭院，一个是诗人想念的人所在的山中；诗中写了两个人，一个是满怀思念之情的诗人，一个是诗人想念的“你”。诗人想着山中的光景，有月有松有静有你，想念着睡着的人，想前去相见，诗人把这份思念高高举起，轻轻放下：攀附月色、化作清风、吹醒群松、吹落新碧，落在窗前，只为看到你，使我安心却不扰你安眠。诗人的细腻心思和无微不至让我们心生荡漾。

批注空间

批注空间

两个月亮

我望见有两个月亮：
一般的样，不同的相。

一个这时正在天上，
披敞着雀毛的衣裳；
她不吝惜她的恩情，
满地全是她的金银。
她不忘故宫的琉璃，
三海间有她的清丽。
她跳出云头，跳上树，
又躲进新绿的藤萝。
她那样玲珑，那样美，
水底的鱼儿也得醉！
但她有一点子不好，
她老爱向瘦小里耗；
有时满天只见星点，
没了那迷人的圆脸，
虽则到时候照样回来，
但这份相思有些难挨！
还有那个你看不见，
虽则不提有多么艳！
她也有她醉涡的笑，

还有转动时的灵妙；
说慷慨她也从不让人，
可惜你望不到我的园林！
可贵是她无边的法力，
常把我灵波向高里提：
我最爱那银涛的汹涌，
浪花里有音乐的银钟；
就那些马尾似的白沫，
也比得珠宝经过雕琢。
　一轮完美的明月，
　又况是永不残缺！
只要我闭上这一双眼，
她就婷婷的升上了天！

一九三一年四月二日月圆深夜

批注空间

简 析

这首诗从“一般的样，不同的相”的两个“月亮”入手，一个天上如“迷人的圆脸”的月亮，一个水中“完美”、“永不残缺”的月亮，两个月亮一虚一实构成对比与照应，并以此来表达诗人的情谊。月亮作为象征“爱情”的美好事物在作者心中的地位是不言而喻的，在其散文《鬼话》中有所阐释，这种“恋月”的美好情节在此诗中有所凝结。恋月、赏月、颂月在诗中与诗人对爱情的赞美珠联璧合，并成为纯洁情感的真诚代言。两个美好的月亮与纯洁的爱情构成了徐志摩诗歌的灵魂，在虚实与真诚中，作者美好爱情的理想也美妙呈现。

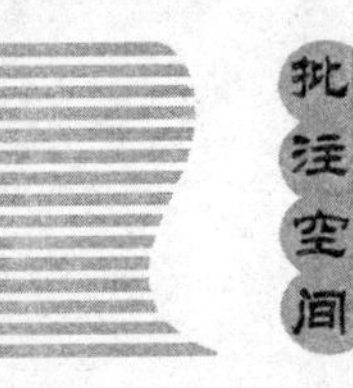

残　春

昨天我瓶子里斜插着的桃花，
是朵朵媚笑在美人的腮边挂；
今儿它们全低了头，全变了相——
红的白的尸体倒悬在青条上。

窗外的风雨报告残春的运命，
丧钟似的音响在黑夜里叮咛：
“你那生命的瓶子里的鲜花也
变了样：艳丽的尸体，谁给收殓？”

简　析

这首小诗写了残春时节花瓶中桃花的凋落以及由此想到的生命中的光彩不再，二者如此相近，但由花到人生，诗情得到了极大的升华。第一节前两句与后两句对比：如美人腮边的笑的桃花，转眼间凋谢，变得令人厌恶，“昨天”、“今儿”突出了光彩时光之短，“媚笑”、“尸体”突出了美丽与枯萎的强烈对比，明艳时对它极尽喜爱，零落时对它极度厌恶。全诗第一节瓶中的桃花与第二节生命之瓶中的花两相对照，残春的桃花如此，生命的残春时节也逃不脱这个命运，往昔的艳丽不再，成了无人愿意装殓的尸体，美好时光逝去，感情不在了，一切都变了样。提醒这个消息的风雨声也似丧钟般令人厌恶。

残　破

一

深深的在深夜里坐着：
当窗有一团不圆的光亮，
　风挟着灰土，在大街上
　小巷里奔跑：
我要在枯秃的笔尖上袅出
一种残破残破的哀调，
为要抒写我的残破的思潮。

二

深深的在深夜里坐着：
生尖的夜凉的窗缝里
　妒忌屋内残余的暖气，
　　也不饶恕我的肢体；
但我要用我半干的墨水描成
一些残破的残破的花样，
因为残破的，残破的是我思想。

三

深深的在深夜里坐着，

批注空间

左右是一些丑怪的鬼影：
　焦枯的落魄的树木
　　在冰沉沉的河沿叫喊，
　　比着绝望的姿势，
正如我要在残破的意识里
重兴起一个残破的天地。

四

深深的在深夜里坐着，
闭上眼回望到过去的云烟：
啊，她还是一枝冷艳的白莲，
　斜靠着晓风，万种的玲珑；
但我不是阳光，也不是露水，
我有的只是些残破的呼吸，
　如同封锁在壁椽间的群鼠，
追逐着，追求着黑暗与虚无！

简析

本诗写于1931年3月，抒写的是在压抑险恶的生存环境中生命的迷茫感、残破感。“深夜”这个意象是诗的抒情起点，也是理解全诗的钥匙。对夜的否定性描写，突出其黑暗、虚无、恐怖、神秘，是生命的对立力量。写此诗前一个月，徐志摩一因经济原因，二因要为开创事业新局面，应胡适之邀请离开上海赴北京大学任教，也就暂离了陆小曼，开始了他生命最后一年里南北奔波的辛苦经历。从此期徐陆通信看，陆小曼对他的北上不满，徐志摩则不堪压力。这应该是造成他在北平产生这样情绪的主要原因。写此诗后8个月，徐志摩就在空难中丧生，令人惋惜地完结了他不无“残破”的一生。

批注空间

“我不知道风是在那一个方向吹”

我不知道风
是在那一个方向吹——
我是在梦中，
在梦的轻波里依洄。

我不知道风
是在那一个方向吹——
我是在梦中，
她的温存，我的迷醉。

我不知道风
是在那一个方向吹——
我是在梦中，
甜美是梦里的光辉。

我不知道风
是在那一个方向吹——
我是在梦中，
她的负心，我的伤悲。

我不知道风
是在那一个方向吹——

我是在梦中，
在梦的悲哀里心碎！

我不知道风
是在那一个方向吹——
我是在梦中，
黯淡是梦里的光辉。

简析

日有所思，夜有所梦，尘世中的纷纷扰扰，在梦中亦是迷迷糊糊，整首诗梦呓一般，反反复复，似清醒似迷醉。全诗六小节，每小节前三句完全一样，前三节的最后一句是柔和、温馨、甜美的，后三节的最后一句是悲伤、失落、沉重的，前后对比鲜明。“我不知道风\是在那一个方向吹\我是在梦中”不断反复，贯穿全诗，使梦境、朦胧之感萦绕全诗，但每节最后一句很好地控制了情绪与节奏，透过诗的外在形态，我们触到了诗的脉动和诗人的心跳。这首形式美丽、章法整饬、音调铿锵的诗告诉我们很少很少一点儿吗？不是，“从一点意思的晃动到一篇诗的完成，这中间几乎没有一次不经历唐僧取经似的苦难的”，诗中有诗人很深的困惑，诗人留学期间接受的西方思想与中国社会现实之间的矛盾，就是最让他痛苦的，同时，我们似乎还可以从诗中捕捉到诗人感情经历上的影子。

你　去

你去，我也走，我们在此分手；
你上那一条大路，你放心走，
你看那街灯一直亮到天边，
你只消跟从这光明的直线！
你先走，我站在此地望着你，
放轻些脚步，别教灰土扬起，
我要认清你的远去的身影，
直到距离使我认你不分明，
再不然我就叫响你的名字，
不断的提醒你有我在这里。
为消解荒街与深晚的荒凉，
目送你归去……
　　　　　　不，我自有主张，
你不必为我忧虑；你走大路，
我进这条小巷，你看那棵树，
高抵着天，我走到那边转弯
再过去是一片荒野的凌乱：
有深潭，有浅洼，半亮着止水，
在夜芒中像是纷披的眼泪；
有石块，有钩刺胫踝的蔓草，
在期待过路人疏神时绊倒！
但你不必焦心，我有的是胆，

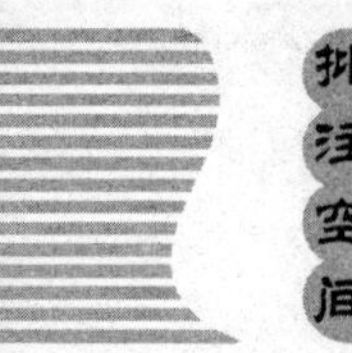

凶险的途程不能使我心寒。
等你走远了，我就大步向前，
这荒野有的是夜露的清鲜；
也不愁愁云深裹，但须风动，
云海里便波涌星斗的流汞；
更何况永远照彻我的心底；
有那颗不灭的明珠，我爱你！

简析

"你去，我也走，我们在此分手"，首句点名了诗的主题，表现恋人之间的关系。诗歌前五句一直连用"你"来起头，是诗人在对他心中的那个"你"进行诉说。"你"要走，要分开。但是诗人怎么想呢？"你先走，我站在此地望着你"、"我要认清你的远去的身影"这些句子明确表明了"我"对"你"离去的态度——不愿意割舍这段恋情，仍然不愿意放弃。但是，诗人毕竟是热血男儿，岂能为爱情囚困？于是，他又大呼一声"不，我自有主张"，把之前的想法全部否定，"你走大路，我进这条小巷"，貌似诗人的情感态度已经完全翻转，要舍弃旧爱，寻求新的道路。但是，这只是一时对自己的谎言罢了，诗人心里仍然是挚爱着他的爱人的，在诗句的末尾忍不住发出一声宣言"我爱你！"

雁儿们

雁儿们在云空里飞，
　　看她们的翅膀，
　　看她们的翅膀，
有时候迂回，
　　有时候匆忙。

雁儿们在云空里飞，
　　晚霞在她们身上，
　　晚霞在她们身上，
有时候银辉，
　　有时候金芒。

雁儿们在云空里飞，
　　听她们的歌唱！
　　听她们的歌唱！
有时候伤悲，
　　有时候欢畅。

雁儿们在云空里飞，
　　为什么翱翔？
　　为什么翱翔？
她们少不少旅伴？

她们有没有家乡？
雁儿们在云空里彷徨，
　　天地就快昏黑！
　　天地就快昏黑！
前途再没有天光，
孩子们往哪儿飞？

天地在昏黑里安睡，
　　昏黑迷住了山林，
　　昏黑催眠了海水；
这时候有谁在倾听
昏黑里泛起的伤悲。

简析

《雁儿们》这首诗歌的艺术特色重点在于其语言技巧以及诗歌样式。本诗各节的二、三句采用了重叠的写法，将同样的话语说两遍，不仅能使意象或情境深入人心，更是将作者想要表达的内容予以强调，使其情感更加浓重，同时也使读者的印象更加深刻。若从情感方面深入探究此诗歌，作者通过“雁儿”的“飞”与“歌”及周围的整体环境，使我们不难感受字里行间那淡淡的、莫名的惆怅。正如茅盾所言：“我们所能感受到的，也只有那么一点微波似的轻烟似的情绪。”

批注空间

童话一则

四爷刚吃完了饭，擦擦嘴，自个儿站在阶沿边儿看花，让风沙乱得怪寒碜的玫瑰花。拍，拍，拍的一阵脚步声，背后来了宝宝，喘着气嚷道：

“四爷，来来，我有好东西让你瞧，真好东西！”

四爷侧着一双小眼，望着他满面通红的姊姊呆呆的不说话。

“来呀，四爷，我不冤你，在前厅哪，快来吧！”四爷还是不动。宝宝急了：

“好，你不来就不来，四爷不来，我就不会找三爷？”说着转身就想跑。

四爷把脸放一放宽，小眼睛亮一亮，脸上转起一对小圆涡儿——他笑了——就跟着他姊姊走，宝宝看了他那样儿，也忍不住笑了，说，“来吧，真淘气！”

宝宝轻轻地把前厅的玻璃门拉开一道缝儿，做个手势，让四爷先扁着身子捱了进去，自己也偷偷的进来了，顺手又把门带上。

四爷有些儿不耐烦，开口了。

“叫我来看什么呀，一间空屋子，几张空桌子，几张空椅子，你老冤我！”宝宝也不理会他，只是仰着头东张西望的，口里说：“那儿去了呢，怕是跑了不成？”

四爷心里想没出息的宝宝准是在找耗子洞哩！

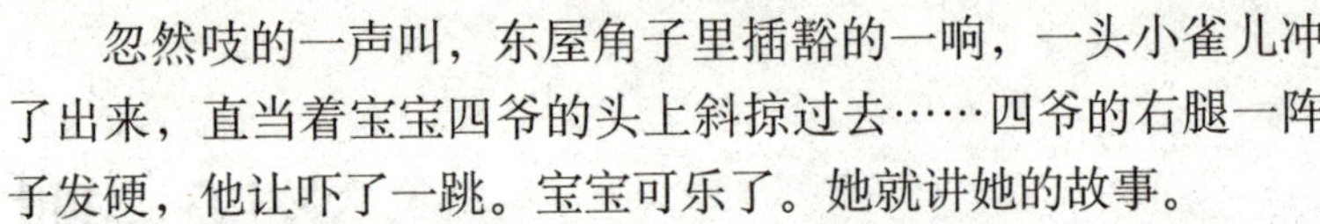

批注空间

忽然吱的一声叫，东屋角子里插豁的一响，一头小雀儿冲了出来，直当着宝宝四爷的头上斜掠过去……四爷的右腿一阵子发硬，他让吓了一跳。宝宝可乐了。她就讲她的故事。

“我呀吃了饭没有事做，想一个人到前厅来玩玩，我刚一开门儿，他（手点雀儿）像是在外面候久了似的，比我还着急，盆的一声就穿进了门儿。我倒不信，也进来试试，门儿自己关上了。

“他呀，不进门儿着急，一进门儿更着急，只听得他豁拉豁拉的飞个不停，一会儿往东，一会儿往西，一会儿往南，一会儿往北，我忙的尽转着身，瞧着他飞，转得我头都晕了，他可不怕头晕，飞，飞，飞，飞个不停。口里还呦的呦的唱着，真是怪，让人家关在屋子里，他还乐哪——不乐怎么会唱，对不对四爷？回头他真急了：原先他是平飞的像穿梭似的——织布的梭子，我们教科书上有的不是？他爱贴着天花板飞，直飞，斜飞，画圆圈儿飞，捱着边儿一顿一顿的飞。回头飞累了，翅膀也没有劲儿了，他就不一定搭架子高飞了，低飞他也干，窗沿上爬爬，桌子上也爬爬；他还跳哪，像草虫子；有时他拐着头不动，像想什么心事似的。对了，他准是听了窗外树上他的也不知是表姊妹，也不知是好朋友，在那儿奇怪，奇怪！”的找他，可怜他也说不出话，要是我，我就大声的哭叫，说“快来救我呀，我让人家关在屋子里出不来哩！快来救我呀！

“他还是着急，想飞出去——我说他既然要出去，当初又何必进来，他自个儿进来，才让人关住，他又不愿意，可不是活该；可又是，他那儿拿得了主意，人都拿不了主意！可怜哪，他见光亮就想盲冲。暴蓬暴蓬的，只听得他在玻璃窗上碰头，准碰得脑袋疼，有几次他险点儿碰昏了，差一点闪了下来。我看得可怜，想开了门儿放他走，可是我又觉得好玩，他一飞出门儿就不理我，他也不会道谢。他倦了，蹲在梁上发呆，像你那样发呆，四爷，我心又软了，我随口编了一个歌儿，对他唱了好几遍，他像懂得，又像不懂得，真呕气，那歌儿我唱你听听，四爷，好不好？”四爷听了她一长篇演说，瞪着眼老不开口，他可爱宝宝唱歌儿、宝宝唱的比谁的都好听，四爷顶爱，所以他把头点了两下。宝宝就唱：

> 雀儿，雀儿，
> 你进我的门儿，
> 你又想出我的门儿，
> 磞呀，磞呀，
> 玻璃老碰你的头儿；

四爷笑了，宝宝接着唱：

> 屋子里阴凉，
> 院子里有太阳，
> 屋子里就有我——你不爱；
> 院子里有的是
> 你的姊姊妹妹好朋友；
> 我张开一双手儿，
> 叫一声雀儿雀儿，
> 我愿意做你的妈，
> 你做我乖乖的儿，
> 每天吃茶的时候，
> 我喂你碎饼干儿，
> 回头我们俩睡一床，
> 一同到甜甜的梦里去，
> 唱一个新鲜的歌儿！

宝宝歌还没有唱完，那小雀儿又在乱冲乱飞；四爷张开了两只小臂，口里吁吁的，想去捉他，雀儿愈着急，四爷愈乐。宝宝说四爷你别追他，他怪可怜的，我替他难受……宝宝声音都哑了，她真快哭了。四爷一面追，一面说："我不疼他，雀儿我不爱，他们也没有好心眼儿，可不是，他们把我心爱的鲜红玫瑰花儿，全吃烂了，我要抓住他来问问……"宝宝说："你们男孩子究竟心硬；你也不成，前天不是你睡了觉，妈领了我们

出去了，回头你一醒不见了我们，你就哭，哭得奶妈打电话！你说你小，雀儿不比你更小吗？你让人放在家里就不愿意，小雀儿让我们关在屋子里就愿意吗？”

四爷站定了，发了一阵呆，小黑眼珠儿又亮了几亮，对宝宝瞪了一眼，一张小嘴抿得紧紧的，走过去把门打个大开，恭恭敬敬地说一声："请！"

嗖的一声，小雀儿飞了……

六月十日

选自《努力》周报 1923 年 6 月 24 日

简 析

这则童话表面看来写了两个小孩对一只不小心飞进屋子的小雀的态度——宝宝一开始觉得戏弄它好玩，后来觉得残忍想放了它。四爷不想放但最后被宝宝说服放它飞走了，实际上有很多让人深思的地方，小雀以为屋子里有什么好东西，冲进来才知是一个牢笼，当初的迫不及待与之后的努力挣脱形成对比，人世间又何止小雀这样呢？我们笑话小雀，可是有时我们自己就是这只小雀。小孩子是残忍的又是善良的，本性中有无意识的欺负弱者来获得快乐的成分，同时他们又是可以被引导的，简单的解释就可以让他们心灵变得柔软温暖，明白对错。读完这个故事，让人心中一颤，这就是童话的轻松、深刻与魅力所在吧！

批注空间

海滩上种花

朋友是一种奢华：且不说酒肉势利，那是说不上朋友，真朋友是相知，但相知谈何容易，你要打开人家的心，你先得打开你自己的，你要在你的心里容纳人家的心，你先得把你的心推放到人家的心里去：这真心或真性情的相互的流转，是朋友的秘密，是朋友的快乐。但这是说你内心的力量够得到，性灵的活动有富余，可以随时开放，随时往外流，像山里的泉水，流向容得住你的同情的沟槽；有时你得冒险，你得花本钱，你得抵拼在　岈的乱石间，触刺的草缝里耐心的寻路，那时候艰难，苦痛，消耗，在在是可能的，在你这水一般灵动，水一般柔顺的寻求同情的心能找到平安欣快以前。

我所以说朋友是奢华；“相知”是宝贝，但得拿真性情的血本去换，去拼。因此我不敢轻易说话，因为我自己知道我的来源有限，十分的谨慎尚且不时有破产的恐惧；我不能随便“花”。前天有几位小朋友来邀我跟你们讲话，他们的恳切折服了我，使我不得不从命，但是小朋友们，说也惭愧，我拿什么来给你们呢？

我最先想来对你们说些孩子话，因为你们都还是孩子。但是那孩子的我到那里去了？仿佛昨天我还是个孩子，今天不知怎的就变了样。什么是孩子要不为一点活泼的天真，但天真就比是泥土里的嫩芽，天冷泥土硬就压住了它的生机——这年头问谁去要和暖的春风？

孩子是没了。你记得的只是一个不清切的影子，模糊得紧，

我这时候想起就像是一个瞎子追念他自己的容貌，一样的记不周全；他即使想急了拿一只手到脸上去印下一个模子来，那样子也是个死的。真的没了。一天在公园里见一个小朋友不提多么活动，一忽儿上山，一忽儿爬树，一忽儿溜冰，一忽儿干草里打滚，要不然就跳着憨笑；我看着羡慕，也想学样，跟他一起玩，但是不能，我是一个大人，身上穿着长袍，心里存着体面，怕招人笑，天生的灵活换来矜持的存心——孩子，孩子是没有的了，有的只是一个年岁与教育蛀空了的躯壳，死僵僵的，不自然的。

我又想找回我们天性里的野人来对你们说话。因为野人也是接近自然的；我前几年过印度时得到极刻心的感想，那里的街道房屋以及土人的体肤容貌，生活的习惯，虽则简，虽则陋，虽则不夸张，却处处与大自然——上面碧蓝的天，火热的阳光，地下焦黄的泥土，高矗的椰树——相调谐，情调，色彩，结构，看来有一种意义的一致，就比是一件完美的艺术的作品。也不知怎的，那天看了他们的街，街上的牛车，赶车的老头露着他的赤光的头颅与此紫姜色的圆肚，他们的庙，庙里的圣像与神座前的花，我心里只是不自在，就仿佛这情景是一个熟悉的声音的叫唤，叫你去跟着他，你的灵魂也何尝不活跳跳地想答应一声“好，我来了，”但是不能，又有碍路的挡着你，不许你回复这叫唤声启示给你的自由。困着你的是你的教育；我那时的难受就比是一条蛇摆脱不了困住他的一个硬性的外壳——野人也给压住了，永远出不来。

所以今天站在你们上面的我不再是融会自然的野人，也不是天机活灵的孩子：我只是一个“文明人”，我能说的只是“文明话”。但什么是文明只是堕落？文明人的心里只有种种虚荣的念头，他到处忙不算，到处都得计较成败。我怎么能对着你们不感觉惭愧？不了解自然不仅是我的心，我的话也是的。并且我即使有话说也没法表现，即使有思想也不能使你们了解；内里那点子性灵就比是在一座石壁里牢牢的砌住，一丝光亮都不透，就凭这只眼望见你们，但有什么法子可以传达我的意思给你们，我已经忘却了原来的语言，还有什么话可说的？

批注空间

但我的小朋友们还是逼着我来说谎（没有话说而勉强说话便是谎）。知识，我不能给；要知识你们得请教教育家去，我这里是没有的。智慧，更没有了：智慧是地狱里的花果，能进地狱更能出地狱的才采得着智慧，不去地狱的便没有智慧——我是没有的。

我正发窘的时候，来了一个救星——就是我手里这一小幅画，等我来讲道理给你们听。这张画是我的拜年片，一个朋友替我制的。你们看这个小孩子在海边沙滩上独自的玩，赤脚穿着草鞋，右手提着一枝花，使劲把它往沙里栽，左手提着一把浇花的水壶，壶里水点一滴滴的往下掉着。离着小孩不远看得见海里翻动着的波澜。

你们看出了这画的意思没有？

在海沙里种花。在海沙里种花！那小孩这一番种花的热心怕是白费的了。沙碛是养不活鲜花的，这几点淡水是不能帮忙的；也许等不到小孩转身，这一朵小花已经支不住阳光的逼迫，就得交卸他有限的生命，枯萎了去。况且那海水的浪头也快打过来了，海浪冲来时不说这朵小小的花，就是大根的树也怕站不住——所以这花落在海边上是绝望的了，小孩这番力量准是白花的了。

你们一定很能明白这个意思。我的朋友是很聪明的，他拿这画意来比我们一群呆子，乐意在白天里做梦的呆子，满心想在海沙里种花的傻子。画里的小孩拿着有限的几滴淡水想维持花的生命，我们一群梦人也想在现在比沙漠还要干枯比沙滩更没有生命的社会里，凭着最有限的力量，想下几颗文艺与思想的种子，这不是一样的绝望，一样的傻？想在海沙里种花，想在海沙里种花，多可笑呀！但我的聪明的朋友说，这幅小小画里的意思还不止此；讽刺不是她的目的。她要我们更深一层看。在我们看来海沙里种花是傻气，但在那小孩自己却不觉得。他的思想是单纯的，他的信仰也是单纯的。他知道的是什么？他知道花是可爱的，可爱的东西应得帮助他发长；他平常看见花草都是从地土里长出来的，他看来海沙也只是地，为什么海沙

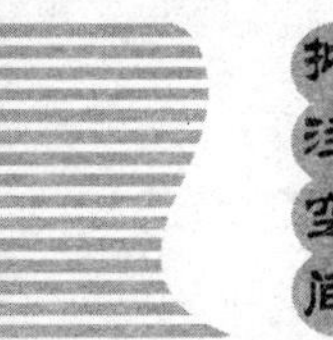

里不能长花他没有想到，也不必想到，他就知道拿花来栽，拿水去浇，只要那花在地上站直了他就欢喜，他就乐，他就会跳他的跳，唱他的唱，来赞美这美丽的生命，以后怎么样，海沙的性质，花的运命，他全管不着！我们知道小孩们怎样的崇拜自然，他的身体虽则小，他的灵魂却是大着，他的衣服也许脏，他的心可是洁净的。这里还有一幅画，这是自然的崇拜，你们看这孩子在月光下跪着拜一朵低头的百合花，这时候他的心与月光一般的清洁，与花一般的美丽，与夜一般的安静。我们可以知道到海边上来种花那孩子的思想与这月下拜花的孩子的思想会得跪下的——单纯，清洁，我们可以想象那一个孩子把花栽好了也是一样来对着花膜拜祈祷——他能把花暂时栽了起来便是他的成功，此外以后怎么样不是他的事情了。

你们看这个象征不仅美，并且有力量；因为它告诉我们单纯的信心是创作的泉源——这单纯的烂漫的天真是最永久最有力量的东西，阳光烧不焦他，狂风吹不倒他，海水冲不了他，黑暗掩不了他——地面上的花朵有被摧残有消灭的时候，但小孩爱花种花这一点："真"却有的是永久的生命。

我们来放远一点看。我们现有的文化只是人类在历史上努力与牺牲的成绩。为什么人们肯努力肯牺牲？因为他们有天生的信心；他们的灵魂认识什么是真什么是善什么是美，虽则他们的肉体与智识有时候会诱惑他们反着方向走路；但只要他们认明一件事情是有永久价值的时候，他们就自然的会得兴奋，不期然的自己牺牲，要在这忽忽变动的声色的世界里，赎出几个永久不变的原则的凭证来。耶稣为什么不怕上十字架？密尔顿何以瞎了眼还要作诗，贝多芬何以聋了还要制音乐，米开朗琪罗为什么肯积受几个月的潮湿不顾自己的皮肉与靴子连成一片的用心思，为的只是要解决一个小小的美术问题？为什么永远有人到冰洋尽头雪山顶上去探险？为什么科学家肯在显微镜底下或是数目字中间研究一般人眼看不到心想不通的道理消磨他一生的光阴？

为的是这些人道的英雄都有他们不可摇动的信心；像我们在海沙里种花的孩子一样，他们的思想是单纯的——宗教家为善的原则牺牲，科学家为真的原则牺牲，艺术家为美的原则牺牲——这一切牺牲的结果便是我们现有的有限的文化。

你们想想在这地面上做事难道还不是一样的傻气——这地面还不与海沙一样不容你生根；在这里的事业还不是与鲜花一样的娇嫩？——潮水过来可以冲掉，狂风吹来可以折坏，阳光晒来可以薰焦我们小孩子手里拿着往沙里栽的鲜花，同样的，我们文化的全体还不一样有随时可以冲掉折坏薰焦的可能吗？巴比伦的文明现在那里？破碎城曾经在地下埋过千百年，克利脱的文明直到最近五六十年间才完全发现。并且有时一件事实体的存在并不能证明他生命的继续。这区区地球的本体就有一千万个毁灭的可能。人们怕死不错，我们怕死人，但最可怕的不是死的死人，是活的死人，单有躯壳生命没有灵性生活是莫大的悲惨；文化也有这种情形，死的文化到也罢了，最可怜的是勉强喘着气的半死的文化。你们如其问我要例子，我就不迟疑的回答你说，朋友们，贵国的文化便是一个喘着气的活死人！时候已经很久的了，自从我们最后的几个祖宗为了不变的原则牺牲他们的呼吸与血液，为了不死的生命牺牲他们有限的存在，为了单纯的信心遭受当时人的讪笑与侮辱。时候已经很久的了，自从我们最后听见普遍的声音像潮水似的充满着地面。时候已经很久的了，自从我们最后看见强烈的光明像彗星似的扫掠过地面。时候已经很久的了，自从我们最后为某种主义流过火热的鲜血。时候已经很久的了，自从我们的骨髓里有胆量，我们的说话里有分量。这是一个极伤心的反省！我真不知道这时代犯了什么不可赦的大罪，上帝竟狠心的赏给我们这样恶毒的刑罚？你看看去这年头到那里去找一个完全的男子或是一个完全的女子——你们去看去，这年头哪一个男子不是阳痿，哪一个女子不是鼓胀！要形容我们现在受罪的时期，我们得发明一个比丑更丑比脏更脏比下流更下流比苟且更苟且比懦怯更懦怯的一类生字去！朋友们，真的我心里常常害怕，害怕下回东风带来的不是我们盼望中的春天，不是鲜花青草蝴蝶飞鸟，我怕他带来一个比冬天更枯槁更凄惨更寂寞的死天——因为丑陋的脸子不配穿漂亮的衣服，我们这样丑陋的变态的人心与社会

批注空间

凭什么权利可以问青天要阳光，问地面要青草，问飞鸟要音乐，问花朵要颜色？你问我明天天会不会放亮？我回答说我不知道，竟许不！

归根是我们失去了我们灵性努力的重心，那就是一个单纯的信仰，一点烂漫的童真！不要说到海滩去种花——我们都是聪明人谁愿意做傻瓜去——就是在你自已院子里种花你都懒怕动手哪！最可怕的怀疑的鬼与厌世的黑影已经占住了我们的灵魂！

所以朋友们，你们都是青年，都是春雷声响不曾停止时破绽出来的鲜花，你们再不可堕落了——虽则陷阱的大口满张在你的跟前，你不要怕，你把你的烂漫的天真倒下去，填平了它再往前走——你们要保持那一点的信心，这里面连着来的就是精力与勇敢与灵感——你们要不怕做小傻瓜，尽量在这人道的海滩边种你的鲜花去——花也许会消灭，但这种花的精神是不烂的！

简 析

这是作者在北京师范大学附属中学的一次讲演。演讲有时看似是“没话找话”，本篇一开头就是从“朋友”的奢华讲起，看似漫无边际，没话找话，但紧接着就自然地切入正题：以“拿什么给你们”的设问，悬想“孩子话”、“野人话”两种不可能，为下文批判文明社会的污浊埋下了伏笔，从语气上又平和自然，如促膝谈心，可谓“修辞立其诚”。然后从“孩子海滩种花”一幅画引出正题，十分巧妙。在解读画作寓意时，紧扣“美”、“力量”、“信心”、“傻气”这些举世都已抛弃、唯孩子保持的品质，凡尘世俗的污浊，批判锋芒毕露，语气遂转峻急。“身体虽则小，灵魂却大着”，“衣服也许脏，心可是洁净的”，“一个单纯的信仰，一点烂漫的童心”，“花也许会消灭，但这种花的精神是不烂的”，这些话在今天听来，仍不失振聋发聩之效。

批注空间

巴黎的鳞爪

咳巴黎！到过巴黎的一定不会再稀罕天堂；尝过巴黎的，老实说，连地狱都不想去了。整个的巴黎就像是一床野鸭绒的垫褥，衬得你通体舒泰，硬骨头都给熏酥了的——有时许太热一些。那也不碍事，只要你受得住。赞美是多余的，正如赞美天堂是多余的；咒诅也是多余的，正如咒诅地狱是多余的。巴黎，软绵绵的巴黎，只在你临别的时候轻轻地嘱咐一声"别忘了，再来！"其实连这都是多余的。谁不想再去？谁忘得了？

香草在你的脚下，春风在你的脸上，微笑在你的周遭。不拘束你，不责备你，不督饬你，不窘你，不恼你，不揉你。它搂着你，可不缚住你：是一条温存的臂膀，不是根绳子。它不是不让你跑，但它那招逗的指尖却永远在你的记忆里晃着。多轻盈的步履，罗袜的丝光随时可以沾上你记忆的颜色！

但巴黎却不是单调的喜剧。赛因河的柔波里掩映着卢浮宫的倩影，它也收藏着不少失意人最后的呼吸。流着，温驯的水波；流着，缠绵的恩怨。咖啡馆：和着交颈的软语，开怀的笑响，有踞坐在屋隅里蓬头少年计较自毁的哀思。跳舞场：和着翻飞的乐调，迷醇的酒香，有独自支颐的少妇思量着往迹的怆心。浮动在上一层的许是光明，是欢畅，是快乐，是甜蜜，是和谐；但沉淀在底里阳光照不到的才是人事经验的本质：说重一点是悲哀，说轻一点是惆怅：谁不愿意永远在轻快的流波里漾着，可得留神了你往深处去时的发现！

一天，一个从巴黎来的朋友找我闲谈，谈起了劲，茶也没

喝，烟也没吸，一直从黄昏谈到天亮，才各自上床去躺了一歇，我一合眼就回到了巴黎，方才朋友讲的情境惝恍的把我自己也缠了进去；这巴黎的梦真醇人，醇你的心，醇你的意志，醇你的四肢百体，那味儿除是亲尝过的谁能想象！——我醒过来时还是迷糊的忘了我在那儿，刚巧一个小朋友进房来站在我的床前笑吟吟喊我“你做什么梦来了，朋友，为什么两眼潮潮的像哭似的？”我伸手一摸，果然眼里有水，不觉也失笑了——可是朝来的梦，一个诗人说的，同是这悲凉滋味，正不知这泪是为那一个梦流的呢！

下面写下的不成文章，不是小说，不是写实，也不是写梦，——在我写的人只当是随口曲，南边人说的“出门不认货”，随你们宽容的读者们怎样看罢。

出门人也不能太小心了，走道总得带些探险的意味。生活的趣味大半就在不预期的发现，要是所有的明天全是今天刻板的化身，那我们活什么来了？正如小孩子上山就得采花，到海边就得捡贝壳，书呆子进图书馆想捞新智慧——出门人到了巴黎就想……

你的批评也不能过分严正不是？少年老成——什么话！老成是老年人的特权，也是他们的本分；说来也不是他们甘愿，他们是到了年纪不得不。少年人如何能老成？老成了才是怪哪！

放宽一点说，人生只是个机缘巧合；别瞧日常生活河水似的流得平顺，它那里面多的是潜流，多的是漩涡——轮着的时候谁躲得了给卷了进去？那就是你发愁的时候，是你登仙的时候，是你辨着酸的时候，是你尝着甜的时候。

巴黎也不定比别的地方怎样不同：不同就在那边生活流波里的潜流更猛，漩涡更急，因此你叫给卷进去的机会也就更多。

我赶快得声明我是没有叫巴黎的漩涡给淹了去——虽则也就够险。多半的时候我只是站在赛因河岸边看热闹，下水去的时候也不能说没有，但至多也不过在靠岸清浅处溜着，从没敢往深处跑——这来漩涡的纹螺，势道，力量，可比远在岸上时认清楚多了。

九小时的萍水缘

批注空间

我忘不了她。她是在人生的急流里转着的一张萍叶，我见着了它，掬在手里把玩了一晌，依旧交还给它的命运，任它漂流去——它以前的漂泊我不曾见来，它以后的漂泊，我也见不着，但就这曾经相识匆匆的恩缘——实际上我与她相处不过九小时——已在我的心泥上印下踪迹，我如何能忘，在忆起时如何能不感须臾的惆怅？

那天我坐在那热闹的饭店里瞥眼看着她，她独坐在灯光最暗漆的屋角里，这屋内那一个男子不带媚态，那一个女子的胭脂口上不沾笑容，就只她：穿一身淡素衣裳，戴一顶宽边的黑帽，在鬈密的睫毛上隐隐闪亮着深思的目光——我几乎疑心她是修道院的女僧偶尔到红尘里随喜来了。我不能不接着注意她，她的别样的支颐的倦态，她的曼长的手指，她的落寞的神情，有意无意间的叹息，都在激发我的好奇——虽则我那时左边已经坐下了一个瘦的，右边来了肥的，四条光滑的手臂不住的在我面前晃着酒杯。但更使我奇异的是她不等跳舞开始就匆匆的出去了，好像害怕或是厌恶似的。第一晚这样，第二晚又是这样：独自默默的坐着，到时候又匆匆的离去。到了第三晚她再来的时候我再也忍不住不想法接近她。第一次得着的回音，虽则是“多谢好意，我再不愿交友”的一个拒绝，只是加深了我的同情的好奇。我再不能放过她。巴黎的好处就在处处近人情；爱慕的自由是永远容许的。你见谁爱慕谁想接近谁，决不是犯罪，除非你在经程中泄漏了你的尘气暴气，陋相或是贫相，那不是文明的巴黎人所能容忍的。只要你“识相”，上海人说的，什么可能的机会你都可以利用。对方人理你不理你，当然又是一回事；但只要你的步骤对，文明的巴黎人决不让你难堪。

我不能放过她。第二次我大胆写了个字条付中间人——店主人——交去。我心里直怔怔的怕讨没趣。可是回话来了——她就走了，你跟着去吧。

她果然在饭店门口等着我。

你为什么一定要找我说话，先生，像我这再不愿意有朋友

批注空间

的人？

她张着大眼看我，口唇微微地颤着。

我的冒昧是不望恕的，但是我看了你忧郁的神情我足足难受了三天，也不知怎的我就想接近你，和你谈一次话，如其你许我，那就是我的想望，再没有别的意思。

真的她那眼内绽出了泪来，我话还没说完。

想不到我的心事又叫一个异邦人看透了……她声音都哑了。

我们在路灯的灯光下默默的互注了一晌，并着肩沿马路走去，走不到多远她说不能走，我就问了她的允许雇车坐上，直望波龙尼大林园清凉的暑夜里兜去。

原来如此，难怪你听了跳舞的音乐像是厌恶似的，但既然不愿意何以每晚还去？

那是我的感情作用；我有些舍不得不去，我在巴黎一天，那是我最初遇见——他的地方，但那时候的我……可是你真的同情我的际遇吗，先生？我快有两个月不开口了，不瞒你说，今晚见了你我再也不能制止，我爽性说给你我的生平的始末吧，只要你不嫌。我们还是回那饭庄去罢。

你不是厌烦跳舞的音乐吗？

她初次笑了。多齐整洁白的牙齿，在道上的幽光里亮着！有了你我的生气就回复了不少，我还怕什么音乐？

我们俩重进饭庄去选一个基角坐下，喝完了两瓶香槟，从十一时舞影最凌乱时谈起，直到早三时客人散尽侍役打扫屋子时才起身走，我在她的可怜身世的演述中遗忘了一切，当前的歌舞再不能分我丝毫的注意。

下面是她的自述。

我是在巴黎生长的。我从小就爱读天方夜谭的故事，以及当代描写东方的文学；啊，东方，我的童真的梦魂那一刻不在它的玫瑰园中留恋？十四岁那年我的姊姊带我上北京去住，她在那边开一个时式的帽铺，有一天我看见一个小身材的中国人来买帽子，我就觉着奇怪，一来他长得异样的清秀，二来他为什么要来买那样时式的女帽；到了下午一个女太太拿了方才买去的帽子来换了，我姊姊就问她那中国人是谁，她说是她的丈夫，说开了头她就讲她当初怎样为爱他触怒了自己的父母，结果断绝了家庭和他结婚，但她一点也不追悔因为她的中国丈夫待她怎样好法，她不信西方人会得像他那样体贴，那样温存。我再也忘不了她说话时满心怡悦的笑容。从此我仰慕东方的私衷又添深了一层颜色。

批注空间

我再回巴黎的时候已经长成了，我父亲是最宠爱我的，我要什么他就给我什么。我那时就爱跳舞，啊，那些迷醉轻易的时光，巴黎那一处舞场上不见我的舞影。我的妙龄，我的颜色，我的体态，我的智慧，尤其是我那媚人的大眼——阿，如今你见的只是悲惨的余生再不留当时的丰韵——制定了我初期的堕落。我说堕落不是？是的，堕落，人生那处不是堕落，这社会那里容得一个有姿色的女人保全她的清洁？我正快走入险路的时候，我那慈爱的老父早已看出我的倾向，私下安排了一个机会，叫我与一个有爵位的英国人接近。一个十七岁的女子那有什么主意，在两个月内我就做了新娘。

说起那四年结婚的生活，我也不应得过分的抱怨，但我们欧洲的势利的社会实在是树心里生了蠹，我怕再没有回复健康的希望。我到伦敦去做贵妇人时我还是个天真的孩子，哪有什么机心，哪懂得虚伪的卑鄙的人间的底里，我又是个外国人，到处遭受嫉妒与批评。还有我那叫名的丈夫。他娶我究竟为什么动机我始终不明白，许贪我年轻贪我貌美带回家去广告他自己的手段，因为真的我不曾感着他一息的真情；新婚不到几时他就对我冷淡了，其实他就没有热过，碰巧我是个傻孩子，一天不听着一半句软语，不受些温柔的怜惜，到晚上我就不自制的悲伤。他有的是钱，有的是趋奉谄媚，成天在外打猎作乐，我愁了不来慰我，我病了不来问我，连着三年抑郁的生涯完全消灭了我原来活泼快乐的天机，到第四年实在耽不住了，我与他吵一场回巴黎再见我父亲的时候，他几乎不认识我了。我自此就永别了我的英国丈夫。因为虽则实际的离婚手续在他方面到前年方始办理，他从我走了后也就不再来顾问我——这算是欧洲人夫妻的情分！

我从伦敦回到巴黎，就比久困的雀儿重复飞回了林中，眼内又有了笑，脸上又添了春色，不但身体好多，就连童年时的种种想望又在我心头活了回来。三四年结婚的经验更叫我厌恶西欧，更叫我神往东方。东方，啊，浪漫的多情的东方！我心里常常的怀念着。有一晚，那一个运定的晚上，我就在这屋子内见着了他，与今晚一样的歌声，一样的舞影，想起还不就是昨天，多飞快的光阴，就可怜我一个单薄的女子，无端叫运神摆布，在情网里颠连，在经验的苦海里沉沦，朋友，我自分是已经埋葬了的活人，你何苦又来逼着我把往事掘起，我的话是简短的，但我身受的苦恼，朋友，你信我，是不可量的；你望我的眼里看,凭着你的同情你可以在刹那间领会我灵魂的真际!

他是菲利滨人，也不知怎的我初次见面就迷了他。他肤色是深黄的，但他的性情是不可信的温柔；他身材是短的，但他的私语有多叫人魂销的魔力？啊，我到如今还不能怨他；我爱他太深，我爱他太真，我如何能一刻忘他，虽则他到后来也是一样的薄情，一样的冷酷。你不倦么，朋友，等我讲给你听？

我自从认识了他我便倾注给他我满怀的柔情，我想他，那负心的他，也够他的享受，那三个月神仙似的生活！我们差不多每晚在此聚会的。秘谈是他与我，欢舞是他与我，人间再有更甜美的经验吗？朋友你知道痴心人赤心爱恋的疯狂吗？因为不仅满足了我私心的想望，我十多年梦魂缭绕的东方理想的实现。有他我什么都有了，此外我更有什么沾恋？因此等到我家里为这事情与我开始交涉的时候，我更不踌躇的与我生身的父母根本决绝。我此时又想起了我垂髫时在北京见着的那个嫁中国人的女子，她与我一样也为了痴情牺牲一切，我只希冀她这时还能保持着她那纯爱的生活，不比我这失运人成天在幻灭的辛辣中回味。

我爱定了他。他是在巴黎求学的，不是贵族，也不是富人，那更使我放心，因为我早年的经验使我迷信真爱情是穷人才能供给的。谁知他骗了我——他家里也是有钱的，那时我在热恋中抛弃了家，牺牲了名誉，跟了这黄脸人离却巴黎，辞别欧洲，经过一个月的海程，我就到了我理想的灿烂的东方。啊，我那时的希望与快乐！但才出了红海，他就上了心事，经我再三的逼，他才告诉他家里的实情，他父亲是菲律宾最有钱的土著，性情是极严厉的，他怕轻易不能收受我进他们的家庭。我真不愿意把此后可怜的身世烦你的听，朋友，但那才是我痴心人的结果，你耐心听着吧！

东方，东方才是我的烦恼！我这回投进了一个更陌生的社会，呼吸更沉闷的空气；他们自己中间也许有他们温软的人情，但轮着我的却一样还只是猜忌与讥刻，更不容情的刺袭我的孤独的性灵。果然他的家庭不容我进门，把我看作一个“巴黎淌来的可疑的妇人”。我为爱他也不知忍受了多少不可忍的侮辱，吞了多少悲泪，但我自慰的是他对我不变的恩情。因为在初到的一时他还是不时来慰我——我独自赁屋住着。但慢慢的也不知是人言浸润还是他原来爱我不深，他竟然表示割绝我的意思。朋友，试想我这孤身女子牺牲了一切为的还不是他的爱，如今连他都离了我，那我更有什么生机？我怎的始终不曾自毁，我至今还不信，因为我那时真的是没路走了。我又没有钱，他狠心丢了我，我如何能再去缠他，这也许是我们白种人的倔强，我不久便揩干了眼泪，出门去自寻活路。我在一个菲美合种人的家里寻得了一个保姆的职务；天幸我生性是耐烦领小孩的——我在伦敦的日子没孩子管，我就养猫弄狗——救活我的是那三五个活灵的孩子，黑头发短手指的乖乖。在那炎热的岛上我是过了两年没颜色的生活，得了一次凶险的热病，从此我面上再不存青年期的光彩。我的心境止稍稍回复平衡的时候两件不幸的事情又临着了我：一件是我那他与另一女子的结婚，这消息使我昏绝了过去，一件是被我弃绝的慈父也不知怎的问得了我的踪迹，来电说他老病快死要我回去。啊，天罚我！等我赶回巴黎的时候正好赶着与老人诀别，忏悔我先前的造孽！

从此我在人间还有什么意趣？我只是个实体的鬼影，活动的尸体；我的心也早就死了，再也不起波澜；在初次失望的时候我想象中还有个辽远的东方，但如今东方只在我的心上留下一个鲜明的新伤，我更有什么希冀，更有什么心情？但我每晚还是不自主的到这饭店里来小坐，正如死去的鬼魂忘不了他的老家！我这一生的经验本不想再向人前吐露的，谁知又碰着了

批注空间

你，苦苦的追着我，逼我再一度撩拨死尽的火灰，这来你够明白了，为什么我老是这落寞的神情，我猜你也是过路的客人，我深深自幸又接近一次人情的温慰，但我不敢希望什么，我的心是死定了的，时候也不早了，你看方才舞影凌乱的地板上现在只剩一片冷淡的灯光，侍役们已经收拾干净，我们也该走了，再会吧，多情的朋友！

简 析

这篇散文写的是举世闻名的巴黎的“鳞爪”，作者把视角投向社会的底层，写了悲怆落寞的心灵，阴暗丑陋的画室，然而，这篇文章的精妙之处在于，作者以他敏锐的观察力，道出了巴黎的迷人之处，巴黎人的独特之处：虽失意仍不失对人生的希冀；虽厌恶却不掩挚切的友情，贫困潦倒并不碍对艺术的痴迷；真诚而不势利，洒脱而不猥琐，这正是巴黎不和谐中的和谐，杂色中的同一，巴黎的诱惑在于此，美亦在于此。让人不由得不敬佩作者精妙的构思、材料选择，娓娓叙述又都是在不经意中。“巴黎”，本身就是一个迷人的字眼。作品描绘的巴黎，并不仅是光明、微笑、欢畅的，同时也交织着黯淡、惆怅和悲怆。

印度洋上的秋思

昨夜中秋。黄昏时西天挂下一大帘的云母屏，掩住了落日的光潮，将海天一体化成暗蓝色，寂静得如黑衣尼在圣座前默祷。过了一刻，即听得船梢布篷上悉悉索索啜泣起来，低压的云夹着迷蒙的雨色，将海线逼得像湖一般窄，沿边的黑影，也辨认不出是山是云，但涕泪的痕迹，却满布在空中水上。

又是一番秋意！那雨声在急骤之中，在零落萧疏的况味，连着阴沉的气氛，只是在我灵魂的耳畔私语道："秋"！我原来无欢的心境，抵御不住那样温婉的浸润，也就开放了春夏间所积受的秋思，和此时外来的怨艾构合，产出一个弱的婴儿——"愁"。

天色早已沉黑，雨也已休止。但方才啜泣的云，还疏松地幕在天空，只露着些惨白的微光，预告明月已经装束齐整，专等开幕。同时船烟正在莽莽苍苍地吞吐，筑成一座鳞鳞的长桥，直联及西天尽处，和船轮泛出的一流翠波白沫，上下对照，留恋西来的踪迹。

北天之幕豁处，一颗鲜翠的明星，喜孜孜地先来问探消息，像新嫁妇的侍婢，也穿扮得遍体光艳，但新娘依然姗姗未出。我小的时候，每于中秋夜，呆坐在楼窗外等看"月华"，若然天上有云雾缭绕，我就替"亮晶晶的月亮"担忧，若然见了鱼鳞似的云彩，我的小心就欣欣怡悦，默祷着月儿快些开花，因为我常听人说只要有"瓦楞"云，就有月华；但在月光放彩以前，我母亲早已逼我去上床，所以月华只是我脑筋里一个不曾实现

的想象，直到如今。

现在天才砌满了瓦楞云彩，霎时间引起了我早年许多有趣的记忆——但我的纯洁的童心，如今哪里去了？

月光有一种神秘的引力，她能使海波咆哮，她能使悲绪生潮。月下的喟息可以结聚成山，月下的情泪可以培畤百亩的畹兰，千茎的紫琳耿。我疑悲哀是人类先天的遗传，否则，何以我们儿年不知悲感的时期，有时对着一泻的清辉，也往往凄心滴泪呢？

但我今夜却不曾流泪。不是无泪可滴，也不是文明教育将我最纯洁的本能锄净，却为是感觉了神圣的悲哀，将我理解的好奇心激动，想学契古特白登来解剖这神秘的“眸冷骨累”。冷的智永远是热的情的死敌仇。他们不能相容的。

但在这样浪漫的月夜，要来练习冷酷的分析，似乎不近人情，所以我的心机一转，重复将锋快的智刃收起，让沉醉的情泪自然流转，听他产生什么音乐；让绻缱的诗魂漫自低回，看他寻出什么梦境。

明月正在云崖中间，周围有一圈黄色的彩晕，一阵阵的轻霭，在她面前扯过。海上几百道起伏的银沟，一齐在微叱凄其的音节，此外不受清辉的波域，在暗中坟坟涨落，不知是怨是慕。

我一面将自己一部分的情感，看入自然界的现象，一面拿着纸笔，痴望着月彩，想从她明洁的辉光里，看出今夜地面上秋思的痕迹，希冀他们在我心里，凝成高洁情绪的菁华。因为她光明的捷足，今夜遍走天涯，人间的恩怨，哪一件不经过她的慧眼呢？

印度的 Cances（埂奇）河边有一座小村落，村外一个榕树密绣的湖边，坐着一对情醉的男女，他们中间草地上放着一尊古铜香炉，烧着上品的水息，那温柔婉恋的烟篆，沉馥香浓的热气，便是他们爱感的象征——月光从云端里轻俯下来，在那女子胸前的珠串上，水息的烟尾上，印下一个慈吻，微哂，重复登上她的云艇，上前驶去。

一家别院的楼上，窗帘不曾放下，几枝肥荡的桐叶正在玻璃上摇曳斗趣，月光窥见了窗内一张小蚊床上紫纱帐里，安眠着一个安琪儿似的小孩，她轻轻挨进身去，在他温软的眼睫上，嫩桃似的腮上，抚摸了一会。又将她银色的纤指，理齐了他脐园的额发，蔼然微哂着，又回她的云海去了。

一个失望的诗人，坐在河边一块石头上，满面写着忧郁的神情，他爱人的倩影，在他胸中像河水似的流动，他又不能在失望的渣滓里榨出些微甘液，他张开两手，仰着头，让大慈大悲的月光，那时正在过路，洗沐他泪线显肿的眼眶，他似乎感觉到清沁的安慰，立即摸出一管笔，在白衣襟上写道：

“月光，

你是失望儿的乳娘！”

面海一座柴屋的窗櫺里，望得见屋里的内容：一张小桌上放着半块面包和几条冷肉，晚餐的剩余，窗前几上开着一本家用的圣经，炉架上两座点着的炉台，不住地在流泪，旁边坐着一个皱面驼腰的老妇人，两眼半闭不闭地落在伏在她膝上啜泣的一个少妇，她的长裙散在地板上像一只大花蝶。老妇人掉头向窗外望，只见远远海涛起伏，和慈祥的月光在拥抱蜜吻，她叹了声气向着斜照在圣经上的月彩嗫道：

“真绝望了！真绝望了！”

她独自在她精雅的书室里，把灯火一齐熄了，倚在窗口一架藤椅上，月光从东墙上斜泻下去，笼住她的全身，在花瓶上幻出一个窈窕的倩影；她两根乖辫的发梢，她微润的媚唇，和庭前几茎高峙的玉兰花，都在静秘的月色中微颤。她加她的呼吸，吐出一股幽香，不但邻近的花草，连月儿闻了，也禁不住迷醉，她腮边天然的妙涡，已有好几日不圆满：她瘦损了。但她在想什么呢？月光，你能否将我的梦魂带去，放在离她三五尺的玉兰花枝上。

威尔斯西境一座矿床附近，有三个工人，口叼着笨重的烟斗，在月光中间坐。他们所能想到的话都已讲完，但这异样的月彩，在他们对面的松林，左首的溪水上，平添了不可言语比说的媚，惟住他们工余倦极的眼珠不阖，彼此不约而同今晚较往常多抽了两斗的烟，但他们矿火薰黑、煤块擦黑的面容，表示他们心灵的薄弱，在享乐烟斗以外：虽经秋月溪声的刺激、也不能有

批注空间

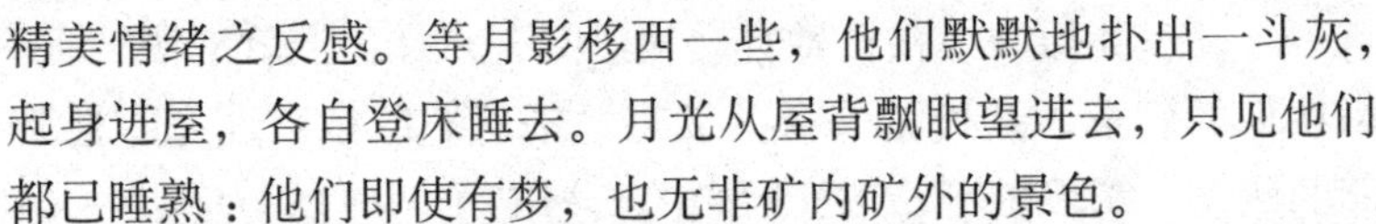

精美情绪之反感。等月影移西一些，他们默默地扑出一斗灰，起身进屋，各自登床睡去。月光从屋背飘眼望进去，只见他们都已睡熟；他们即使有梦，也无非矿内矿外的景色。

月光渡过了爱尔兰海峡，爬上海尔佛林的高峰，正对着默默的红潭，潭水凝定得像一大块冰、铁青色，四围斜坦的小峰，全都满铺着蟹清和蛋白色的岩片碎石，一株矮树都没有。沿潭间有些丛草，那全体形势，正像一大青碗，现在满盛了清洁的月辉，静极了，草里不闻虫吟，水里不闻鱼跃；只有石缝里游涧淅沥之声，断续地作响，仿佛一座大教堂里点着一星小火，益发对照出静穆宁寂的境界，月儿在铁色的潭面上，倦倚了半晌，重复跤起她的银舄过山去了。

昨天船离了新加坡以后，方向从正东改为东北，所以前几天的船梢正对落日，此后“晚霞的工厂”渐渐移到我们船向的左手来了。

昨夜吃过晚饭上甲板的时候，船右一海银波，在犀利之中涵有幽秘的彩色，凄清的表情，引起了我的凝视。那放银光的圆球正挂在你头上，如其起靠着船头仰望。她今夜并不十分鲜艳：她精圆的芳容上似乎轻笼着一层藕灰色的薄纱；轻漾着一种悲喟的声调；轻染着几痕泪化的雾霭。她并不十分鲜艳，然而她素洁温和的光线中，犹之少女浅蓝妙眼的斜瞟；犹之春阳融解在山巅白雪的反映的嫩色，含有不可解的迷力，媚态，世间凡具有感觉性的人，只要承沐着她的轻辉，就发生也是不可理解的反应，引起隐覆的内心境界的紧张，——像琴弦一样，——人生最微妙的情绪，戟震生命所蕴藏高洁名贵创现的冲动。有时在心理状态之前，或于同时，撼动躯体的组织，使感觉血液中突起冰流之冰流，嗅神经难禁之酸辛，内藏汹涌之跳动，泪线之骤热与润湿。那就是秋月兴起的秋思——愁。

昨晚的月色就是秋思的泉源，岂止，直是悲哀幽骚悱怨沉郁的象征，是季候运转的伟剧中最神秘亦最自然的一幕，诗艺界最凄凉亦最微妙的一个消息。

今夜月明人望，不知秋思在谁家。

中国字形具有一种独一的妩媚，有几个字的结构，我看来纯是艺术家的匠心：这也是我们国粹之尤粹者之一。譬如“秋”字，已是一个极美的字形；“愁”字更是文字史上有数的杰作：有石开湖晕，风扫松针的妙处，这一群点画的配置，简直经过柯罗的书篆，米开朗琪罗的雕圭 Chogin 的神感；像——用一个科学的比喻——原子的结构，将旋转宇宙的大力收缩成一个无形无踪的电核；这十三笔造成的象征，似乎是宇宙和人生悲惨的现象和经验，吁喟和涕泪，所凝成最纯粹精密的结晶，满充了催迷的秘力，你若然有高蒂闲（Gautier）异超的知感性，定然可以梦到，愁字变形为秋霞黯绿色的通明宝玉，若用银槌轻击之，当吐银色的幽咽电蛇似腾入云天。

我并不是为寻秋意而看月，更不是为觅新愁而访秋月；蓄意沉浸于悲哀的生活，是丹德所不许的。我看见月而感秋色，因秋窗而拈新愁：人是一簇脆弱而富于反射性的神经！

我重复回到现实的景色，轻裹在云锦之中的秋月，像一个遍体蒙纱的女郎，他那团圆清朗的外貌像新娘，但同时他幂弦的颜色，那是藕灰，他踟躅的行动，掩泣的痕迹，又使人疑是送丧的丽姝。所以我曾说：

“秋月呀

我不盼望你团圆。”

这是秋月的特色，不论他是悬在落日残照边的新镰，与“黄昏晓”竞艳的眉勾，中霄斗没西陲的金属屑，星云参差间的银床，以至一轮腴满的中秋，不论盈昃高下，总在原来澄爽明秋之中，遍洒着一种我只能称之为“悲哀的轻霭”，和“传愁的以太”即使你原来无愁，见此也禁不得沾染那“灰色的音调”，渐渐兴感起来！

秋月呀！

谁禁得起银指尖儿

浪漫地搔爬呵！

不信但看那一海的轻涛，可不是禁不住他玉指的抚摩，在那里低徊饮泣呢！就是那无聊的云烟，

秋月的美满，

薰暖了飘心冷眼，

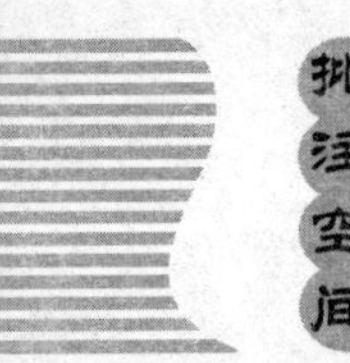

也清冷地穿上了轻缟的衣裳，
来参与这
美满的婚姻和丧礼。

简 析

中秋节是合家团圆的日子，看着天上的月亮，总会让人思绪纷飞，念及以前过节的景象，难免感慨万千，是年中秋作者正航行在印度洋的船上，秋雨带来秋意，秋意带来秋思，天晚雨霁，云淡星疏，明月当空，思绪缥缈、悠远。作者想到了小时候在家傻乎乎地等待月华的往事，感叹随着岁月的流逝，纯洁的童心不见了。浪漫月夜，不做理智探寻，让沉醉的情泪自然流转，看它寻出的梦境：印度河边小村落里的一对男女的缱绻，别院中婴儿的安眠，失望诗人的灵感，老妇人的若有所思，少女的迷醉，矿工的疲惫，红潭的静谧。再回到现实中，再看云锦之中的秋月，似美丽女郎又似送丧丽姝，所以作者并不盼它团圆，这也是缘于作者细腻的心思吧，感到快乐又掩不住悲伤，说服自己遏制悲伤寻出喜悦来。

批注空间

翡冷翠山居闲话

在这里出门散步去，上山或是下山，在一个晴好的五月的向晚，正像是去赴一个美的宴会，比如去一果子园，那边每株树上都是满挂着诗情最秀逸的果实，假如你单是站着看还不满意时，只要你一伸手就可以采取，可以恣尝鲜味，足够你性灵的迷醉。阳光正好暖和，决不过暖；风息是温驯的，而且往往因为他是从繁花的山林里吹度过来他带来一股幽远的澹香，连着一息滋润的水气，摩挲着你的颜面，轻绕着你的肩腰，就这单纯的呼吸已是无穷的愉快；空气总是明净的，近谷内不生烟，远山上不起霭，那美秀风景的全部正像画片似的展露在你的眼前，供你闲暇的鉴赏。

作客山中的妙处，尤在你永不须踌躇你的服色与体态，你不妨摇曳着一头的蓬草，不妨纵容你满腮的苔藓；你爱穿什么就穿什么；扮一个牧童，扮一个渔翁，装一个农夫，装一个走江湖的桀卜闪，装一个猎户；你再不必提心整理你的领结，你尽可以不用领结，给你的颈根与胸膛一半日的自由，你可以拿一条这边艳色的长巾包在你的头上，学一个太平军的头目，或是拜伦那埃及装的姿态；但最要紧的是穿上你最旧的旧鞋，别管他模样不佳，他们是顶可爱的好友，他们承着你的体重却不叫你记起你还有一双脚在你的底下。

这样的玩顶好是不要约伴，我竟想严格的取缔，只许你独身；因为有了伴多少总得叫你分心，尤其是年轻的女伴，那是最危险最专制不过的旅伴，你应得躲避她像你躲避青草里一条美丽

的花蛇！平常我们从自己家里走到朋友的家里，或是我们执事的地方，那无非是在同一个大牢里从一间狱室移到另一间狱室去，拘束永远跟着我们，自由永远寻不到我们；但在这春夏间美秀的山中或乡间你要是有机会独身闲逛时，那才是你福星高照的时候，那才是你实际领受，亲口尝味，自由与自在的时候，那才是你肉体与灵魂行动一致的时候。朋友们，我们多长一岁年纪往往只是加重我们头上的枷，加紧我们脚胫上的练，我们见小孩子在草里在沙堆里在浅水里打滚作乐，或是看见小猫追他自己的尾巴，何尝没有羡慕的时候，但我们的枷，我们的练永远是制定我们行动的上司！所以只有你单身奔赴大自然的怀抱时，像一个裸体的小孩扑入他母亲的怀抱时，你才知道灵魂的愉快是怎样的，单是活着的快乐是怎样的，单就呼吸单就走道单就张眼看耸耳听的幸福是怎样的。因此你得严格的为己，极端的自私，只许你，体魄与性灵，与自然同在一个脉搏里跳动，同在一个音波里起伏，同在一个神奇的宇宙里自得。我们浑朴的天真是像含羞草似的娇柔，一经同伴的抵触，他就卷了起来，但在澄静的日光下，和风中，他的姿态是自然的，他的生活是无阻碍的。

你一个人漫游的时候，你就会在青草里坐地仰卧，甚至有时打滚，因为草的和暖的颜色自然的唤起你童稚的活泼；在静僻的道上你就会不自主的狂舞，看着你自己的身影幻出种种诡异的变相，因为道旁树木的阴影在他们迂徐的婆娑里暗示你舞蹈的快乐；你也会得信口的歌唱，偶尔记起断片的音调，与你自己随口的小曲，因为树林中的莺燕告诉你春光是应得赞美的；更不必说你的胸襟自然会跟着漫长的山径开拓，你的心地会看着澄蓝的天空静定，你的思想和着山壑间的水声，山罅里的泉响，有时一澄到底的清澈，有时激起成章的波动，流，流，流入凉爽的橄榄林中，流入妩媚的阿诺河去……

并且你不但不须应伴，每逢这样的游行，你也不必带书。书是理想的伴侣，但你应得带书，是在火车上，在你住处的客室里，不是在你独身漫步的时候。什么伟大的深沉的鼓舞的清明的优美的思想的根源不是可以在风籁中，云彩里，山势与地形的起伏里，花草的颜色与香息里寻得？自然是最伟大的一部书，葛德说，在他每一页的字句里我们读得最深奥的消息。并且这书上的文字是人人懂得的；阿尔帕斯与五老峰，雪西里与普陀山，莱因河与扬子江，梨梦湖与西子湖，建兰与琼花，杭州西溪的芦雪与威尼市夕照的红潮，百灵与夜莺，更不是一般黄的黄麦，一般紫的紫藤，一般青的青草同在大地上生长，同在和风中波动——他们应用的符号是永远一致的，他们的意义是永远明显的，只要你自己心灵上不长疮瘢，眼不盲，耳不塞，这无形迹的最高等教育便永远是你的名分，这不取费的最珍贵的补剂便永远供你的受用；只要你认识了这一部书，你在这世界上寂寞时便不寂寞，穷困时不穷困，苦恼时有安慰，挫折时有鼓励，软弱时有督责，迷失时有指南针。

批注空间

简析

这是一篇与《我所知道的康桥》一样笔调的诗化散文，文章田园牧歌似的情调悠闲徐缓、从容自适、行云流水，读来轻松愉快。全文以与隐含读者“你”闲谈的口吻和叙述方式展开，亲切自然，拉近了与读者的距离。我们仿佛看到了一位热情、快乐、好动、热爱生活的好友在迫不及待地向我们讲述他美妙愉快的出行经历和他真心实意、一本正经的经验之谈，我们被他的情绪所感染，我们被他的真诚所打动。我们无法去翡冷翠的果子园伸手摘取让人性灵迷醉的果子，感受正好暖和的阳光、温驯的风，但我们确实有了到我们身边的大自然中走走看看的冲动，使我们眼不致盲，耳不致塞，心灵不致迷失。

批注空间

我所知道的康桥

一

我这一生的周折，大都寻得出感情的线索。不论别的，单说求学。我到英国是为要从罗素。罗素来中国时，我已经在美国。他那不确的死耗传到的时候，我真的出眼泪不够，还做悼诗来了。他没有死，我自然高兴。我摆脱了哥仑比亚大博士衔的引诱，买船票过大西洋，想跟这位二十世纪的福禄泰尔认真念一点书去。谁知一到英国才知道事情变样了：一为他在战时主张和平，二为他离婚，罗素叫康桥给除名了，他原来是 Trinity College 的 Fellow，这来他的 Fellowship 也给取消了。他回英国后就在伦敦住下，夫妻两人卖文章过日子。因此我也不曾遂我从学的始愿。我在伦敦政治经济学院里混了半年，正感着闷想换路走的时候，我认识了狄更生先生。狄更生(Galsworthy Lowes Dickinson)是一个有名的作者，他的《一个中国人通信》(Lett é rs From John Chinaman) 与《一个现代聚餐谈话》(A Modern Symposium) 两本小册子早得了我的景仰。我第一次会着他是在伦敦国际联盟协会席上，那天林宗孟先生演说，他做主席；第二次是宗孟寓里吃茶，有他。以后我常到他家里去。他看出我的烦闷，劝我到康桥去，他自己是王家学院（Kings College）的 Fellow。我就写信去问两个学院，回信都说学额早满了，随后还是狄更生先生替我去在他的学院里说好了，给我一个特别生的资格，随意选科听讲。

从此黑方巾黑披袍的风光也被我占着了。初起我在离康桥六英里的乡下叫沙士顿地方租了几间小屋住下，同居的有我从前的夫人张幼仪女士与郭虞裳君。每天一早我坐街车（有时骑自行车）上学，到晚回家。这样的生活过了一个春，但我在康桥还只是个陌生人，谁都不认识，康桥的生活，可以说完全不曾尝着，我知道的只是一个图书馆，几个课室，和三两个吃便宜饭的茶食铺子。狄更生常在伦敦或是大陆上，所以也不常见他。那年的秋季我一个人回到康桥，整整有一学年，那时我才有机会接近真正的康桥生活，同时我也慢慢的“发现”了康桥。我不曾知道过更大的愉快。

二

“单独”是一个耐寻味的现象。我有时想它是任何发现的第一个条件。你要发现你的朋友的“真”，你得有与他单独的机会。你要发现你自己的真，你得给你自己一个单独的机会。你要发现一个地方（地方一样有灵性），你也得有单独玩的机会。我们这一辈子，认真说，能认识几个人？能认识几个地方？我们都是太匆忙，太没有单独的机会。说实话，我连我的本乡都没有什么了解。康桥我要算是有相当交情的，再次许只有新认识的翡冷翠了。啊，那些清晨，那些黄昏，我一个人发痴似的在康桥！绝对的单独。

但一个人要写他最心爱的对象，不论是人是地，是多么使他为难的一个工作？你怕，你怕描坏了它，你怕说过分了恼了它，你怕说太谨慎了辜负了它。我现在想写康桥，也正是这样的心理，我不曾写，我就知道这回是写不好的——况且又是临时逼出来的事情。但我却不能不写，上期预告已经出去了。我想勉强分两节写，一是我所知道的康桥的天然景色，一是我所知道的康桥的学生生活。我今晚只能极简的写些，等以后有兴会时再补。

批注空间

三

康桥的灵性全在一条河上；康河，我敢说，是全世界最秀丽的一条水。河的名字是葛兰大（Granta），也有叫康河（River Cam）的，许有上下流的区别，我不甚清楚。河身多的是曲折，上游是有名的拜伦潭（"Byron's Pool"）当年拜伦常在那里玩的；有一个老村子叫格兰骞斯德，有一个果子园，你可以躺在累累的桃李树荫下吃茶，花果会掉入你的茶杯，小雀子会到你桌上来啄食，那真是别有一番天地。这是上游；下游是从骞斯德顿下去，河面展开，那是春夏间竞舟的场所。上下河分界处有一个坝筑，水流急得很，在星光下听水声，听近村晚钟声，听河畔倦牛刍草声，是我康桥经验中最神秘的一种：大自然的优美，宁静，调谐在这星光与波光的默契中不期然的淹入了你的性灵。

但康河的精华是在它的中权，著名的"Backs"，这两岸是几个最蜚声的学院的建筑。从上面下来是Pembroke，St. Katharine's，King's，Clare，Trinity，St. John's。最令人留连的一节是克莱亚与王家学院的毗连处，克莱亚的秀丽紧邻着王家教堂（King's Chapel）的宏伟。别的地方尽有更美更庄严的建筑，例如巴黎赛因河的卢浮宫一带，威尼斯的利阿尔多大桥的两岸，翡冷翠维基乌大桥的周遭；但康桥的"Backs"自有它的特长，这不容易用一二个状词来概括，它那脱尽尘埃气的一种清澈秀逸的意境可说是超出了画图而化生了音乐的神味。再没有比这一群建筑更调谐更匀称的了！论画，可比的许只有柯罗（Corot）的田野；论音乐，可比的许只有萧班（Chopin）的夜曲。就这也不能给你依稀的印象，它给你的美感简直是神灵性的一种。

假如你站在王家学院桥边的那棵大椈树荫下眺望，右侧面，隔着一大方浅草坪，是我们的校友居（Fellows Building），那年代并不早，但它的妩媚也是不可掩的，它那苍白的石壁上春夏间满缀着艳色的蔷薇在和风中摇头，更移左是那教堂，森林似的尖阁不可逸的永远直指着天空；更左是克莱亚，啊！那不可信的玲珑的方庭，谁说这不是圣克莱亚（St. Clare）的化身，那一块石上不闪耀着她当年圣洁的精神？在克莱亚后背隐约可辨的是康桥最潢贵最骄纵的三一学院（Trinity），它那临河的图书楼上坐镇着拜伦神采惊人的雕像。

但这时你的注意早已叫克莱亚的三环洞桥魔术似的摄住。你见过西湖白堤上的西泠断桥不是（可怜它们早已叫代表近代丑恶精神的汽车公司给铲平了，现在它们跟着苍凉的雷峰永远辞别了人间）？你忘不了那桥上斑驳的苍苔，木栅的古色，与那桥拱下泄露的湖光与山色不是？克莱亚并没有那样体面的衬托，它也不比庐山栖贤寺旁的观音桥，上瞰五老的奇峰，下临深潭与飞瀑；它只是怯伶伶的一座三环洞的小桥，它那桥洞间也只掩映着细纹的波粼与婆娑的树影，它那桥上栉比的小穿阑与阑节顶上双双的白石球，也只是村姑子头上不夸张的香草与野花一类的装饰；但你凝神的看着，更凝神的看着，你再反省你的心境，看还有一丝屑的俗念沾滞不？只要你审美的本能不曾汩灭时，这是你的机会实现纯粹美感的神奇！

但你还得选你赏鉴的时辰。英国的天时与气候是走极端的。冬天是荒谬的坏，逢着连绵的雾盲天你一定不迟疑的甘愿进地狱本身去试试；春天（英国是几乎没有夏天的）是更荒谬的可爱，尤其是它那四五月间最渐缓最艳丽的黄昏，那才真是寸寸黄金。在康河边上过一个黄昏是一服灵魂的补剂。啊！我那时蜜甜的单独，那时蜜甜的闲暇。一晚又一晚的，只见我出神似的倚在桥阑上向西天凝望：——

> 看一回凝静的桥影，
> 数一数螺细的波纹：
> 我倚暖了石阑的青苔，
> 青苔凉透了我的心坎；……
> 还有几句更笨重的怎能仿佛那游丝似轻妙的情景：
> 难忘七月的黄昏，远树凝寂，
> 像墨泼的山形，衬出轻柔暝色，
> 密稠稠，七分鹅黄，三分桔绿，
> 那妙意只可去秋梦边缘捕捉；……

四

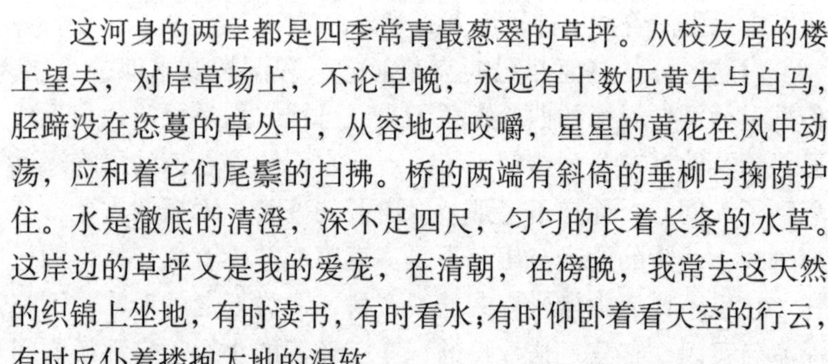

这河身的两岸都是四季常青最葱翠的草坪。从校友居的楼上望去，对岸草场上，不论早晚，永远有十数匹黄牛与白马，胫蹄没在恣蔓的草丛中，从容地在咬嚼，星星的黄花在风中动荡，应和着它们尾鬃的扫拂。桥的两端有斜倚的垂柳与掬荫护住。水是澈底的清澄，深不足四尺，匀匀的长着长条的水草。这岸边的草坪又是我的爱宠，在清朝，在傍晚，我常去这天然的织锦上坐地，有时读书，有时看水；有时仰卧着看天空的行云，有时反仆着搂抱大地的温软。

但河上的风流还不止两岸的秀丽。你得买船去玩。船不止一种：有普通的双桨划船，有轻快的薄皮舟（Canoe)，有最别致的长形撑篙船（Punt)。最末的一种是别处不常有的：约莫有二丈长，三尺宽，你站直在船梢上用长竿撑着走的。这撑是一种技术。我手脚太蠢，始终不曾学会。你初起手尝试时，容易把船身横住在河中，东颠西撞的狼狈。英国人是不轻易开口笑人的，但是小心他们不出声的皱眉！也不知有多少次河中本来优闲的秩序叫我这莽撞的外行给捣乱了。我真的始终不曾学会；每回我不服输跑去租船再试的时候，有一个白胡子的船家往往带讥讽地对我说："先生，这撑船费劲，天热累人，还是拿个薄皮舟溜溜吧！"我那里肯听话，长篙子一点就把船撑了开去，结果还是把河身一段段的腰斩了去！

你站在桥上去看人家撑，那多不费劲，多美！尤其在礼拜天有几个专家的女郎，穿一身缟素衣服，裙裾在风前悠悠的飘着，戴一顶宽边的薄纱帽，帽影在水草间颤动，你看她们出桥洞时的姿态，捻起一根竟像没分量的长竿，只轻轻的，不经心的往波心里一点，身子微微的一蹲，这船身便波的转出了桥影，翠条鱼似的向前滑了去。她们那敏捷，那闲暇，那轻盈，真是值得歌咏的。

在初夏阳光渐暖时你去买一只小船，划去桥边荫下躺着念你的书或是做你的梦，槐花香在水面上飘浮，鱼鲜的唼喋声在你的耳边挑逗。或是在初秋的黄昏，近着新月的寒光，望上流僻静处远去。爱热闹的少年们携着他们的女友，在船沿上支着双双的东洋彩纸灯，带着话匣子，船心里用软垫铺着，也开向无人迹处去享他们的野福——谁不爱听那水底翻的音乐在静定的河上描写梦意与春光！

住惯城市的人不易知道季候的变迁。看见叶子掉知道是秋，看见叶子绿知道是春；天冷了装炉子，天热了拆炉子；脱下棉袍，换上夹袍，脱下夹袍，穿上单袍；不过如此罢了。天上星斗的消息，地下泥土里的消息，空中风吹的消息，都不关我们的事。忙着哪，这样那样事情多着，谁耐烦管星星的转移，花草的消长，风云的变幻？同时我们抱怨我们的生活，苦痛，烦闷，拘束，枯燥，谁肯承认做人是快乐？谁不多少间咒诅人生？

但不满意的生活大都是由于自取的。我是一个生命的信仰者，我信生活决不是我们大多数人仅仅从自身经验推得的那样暗惨。我们的病根是在“忘本”。人是自然的产儿，就比枝头的花与鸟是自然的产儿；但我们不幸是文明人，入世深似一天，离自然远似一天。离开了泥土的花草，离开了水的鱼，能快活吗？能生存吗？从大自然，我们取得我们的生命；从大自然，我们应分取得我们继续的资养。那一株婆娑的大木没有盘错的根柢深入在无尽藏的地里？我们是永远不能独立的。有幸福是永远不离母亲抚育的孩子，有健康是永远接近自然的人们。不必一定与鹿豕游，不必一定回“洞府”去；为医治我们当前生活的枯窘，只要“不完全遗忘自然”一张轻淡的药方我们的病像就有缓和的希望。在青草里打几个滚，到海水里洗几次浴，到高处去看几次朝霞与晚照——你肩背上的负担就会轻松了去的。

这是极肤浅的道理，当然。但我要没有过过康桥的日子，我就不会有这样的自信。我这一辈子就只那一春，说也可怜，算是不曾虚度。就只那一春，我的生活是自然的，是真愉快的！(虽则碰巧那也是我最感受人生痛苦的时期。）我那时有的是闲暇，有的是自由，有的是绝对单独的机会。说也奇怪，竟像是第一次，我辨认了星月的光明，草的青，花的香，流水的殷勤。我能忘记那初春的睥睨吗？曾经有多少个清晨我独自冒着冷去薄霜铺地的林子里闲步——为听鸟语，为盼朝阳，为寻泥土里

批注空间

渐次苏醒的花草，为体会最微细最神妙的春信。啊，那是新来的画眉在那边凋不尽的青枝上试它的新声！啊，这是第一朵小雪球花挣出了半冻的地面！啊，这不是新来的潮润沾上了寂寞的柳条？

静极了，这朝来水溶溶的大道，只远处牛奶车的铃声，点缀这周遭的沉默。顺着这大道走去，走到尽头，再转入林子里的小径，往烟雾浓密处走去，头顶是交枝的榆荫，透露着漠楞楞的曙色；再往前走去，走尽这林子，当前是平坦的原野，望见了村舍，初青的麦田，更远三两个馒形的小山掩住了一条通道。天边是雾茫茫的，尖尖的黑影是近村的教寺。听，那晓钟和缓的清音。这一带是此邦中部的平原，地形像是海里的轻波，默沉沉的起伏；山岭是望不见的，有的是常青的草原与沃腴的田壤。登那土阜上望去，康桥只是一带茂林，拥戴着几处娉婷的尖阁。妩媚的康河也望不见踪迹，你只能循着那锦带似的林木想象那一流清浅。村舍与树林是这地盘上的棋子，有村舍处有佳荫，有佳荫处有村舍。这早起是看炊烟的时辰：朝雾渐渐的升起，揭开了这灰苍苍的天幕，（最好是微霰后的光景）远近的炊烟，成丝的，成缕的，成卷的，轻快的，迟重的，浓灰的，淡青的，惨白的，在静定的朝气里渐渐的上腾，渐渐的不见，仿佛是朝来人们的祈祷，参差的翳入了天厅。朝阳是难得见的，这初春的天气。但它来时是起早人莫大的愉快。顷刻间这田野添深了颜色，一层轻纱似的金粉糁上了这草，这树，这通道，这庄舍。顷刻间这周遭弥漫了清晨富丽的温柔。顷刻间你的心怀也分润了白天诞生的光荣。“春”！这胜利的晴空仿佛在你的耳边私语。“春”！你那快活的灵魂也仿佛在那里回响。

……

伺候着河上的风光，这春来一天有一天的消息。关心石上的苔痕，关心败草里的花鲜，关心这水流的缓急，关心水草的滋长，关心天上的云霞，关心新来的鸟语。怯伶伶的小雪球是探春信的小使。铃兰与香草是欢喜的初声。窈窕的莲馨，玲珑的石水仙，爱热闹的克罗克斯，耐辛苦的蒲公英与雏菊——这时候春光已是烂漫在人间，更不须殷勤问讯。

瑰丽的春放。这是你野游的时期。可爱的路政，这里不比中国，那一处不是坦荡荡的大道？徒步是一个愉快，但骑自转车是一个更大的愉快。在康桥骑车是普遍的技术；妇人，稚子，老翁，一致享受这双轮舞的快乐。（在康桥听说自转车是不怕人偷的，就为人人都自己有车，没人要偷。）任你选一个方向，任你上一条通道，顺着这带草味的和风，放轮远去，保管你这半天的逍遥是你性灵的补剂。这道上有的是清荫与美草，随地都可以供你休憩。你如爱花，这里多的是锦绣似的草原。你如爱鸟，这里多的是巧啭的鸣禽。你如爱儿童，这乡间到处是可亲的稚子。你如爱人情，这里多的是不嫌远客的乡人，你到处可以“挂单”借宿，有酪浆与嫩薯供你饱餐，有夺目的果鲜恣你尝新。你如爱酒，这乡间每“望”都为你储有上好的新酿，黑啤如太浓，苹果酒、姜酒都是供你解渴润肺的。……带一卷书，走十里路，选一块清静地，看天，听鸟，读书，倦了时，和身在草绵绵处寻梦去——你能想象更适情更适性的消遣吗？

陆放翁有一联诗句：“传呼快马迎新月，却上轻舆趁晚凉；”这是做地方官的风流。我在康桥时虽没马骑，没轿子坐，却也有我的风流：我常常在夕阳西晒时骑了车迎着天边扁大的日头直追。日头是追不到的，我没有夸父的荒诞，但晚景的温存却被我这样偷尝了不少。有三两幅画图似的经验至今还是栩栩的留着。只说看夕阳，我们平常只知道登山或是临海，但实际只须辽阔的天际，平地上的晚霞有时也是一样的神奇。有一次我赶到一个地方，手把着一家村庄的篱笆，隔着一大田的麦浪，看西天的变幻。有一次是正冲着一条宽广的大道，过来一大群羊，放草归来的，偌大的太阳在它们后背放射着万缕的金辉，天上却是乌青青的，只剩这不可逼视的威光中的一条大路，一群生物！我心头顿时感着神异性的压迫，我真的跪下了，对着这冉冉渐翳的金光。再有一次是更不可忘的奇景，那是临着一大片望不到头的草原，满开着艳红的罂粟，在青草里亭亭的像是万盏的金灯，阳光从褐色云里斜着过来，幻成一种异样的紫色，透明似的不可逼视，刹那间在我迷眩了的视觉中，这草田变成了……不说也罢，说来你们也是不信的！

批注空间

一别二年多了，康桥，谁知我这思乡的隐忧？也不想别的，我只要那晚钟撼动的黄昏，没遮拦的田野，独自斜倚在软草里，看第一个大星在天边出现！

简析

“就我个人说，我的眼是康桥教我睁的，我的求知欲是康桥给我拨动的，我的自由的意识是康桥给我胚胎的。”让作者整个人生观、价值观、想法、观念、认识、眼界、习惯发生重大改变的地方是怎样的呢？何等美景与惬意生活给了我们这样一位伟大的诗人，滋润出了“轻轻的我走了”这样轻快、洒脱又深情款款，仿佛从心底静静流淌出来的诗句呢？跟随作者的脚步，跟随诗人的笔尖，我们看到了全世界最秀丽的一条水——有果子园，有老村子，有晚钟声，有星光与波光的康河；看到了妩媚的校友居，永远有黄牛与白马的草坪；看到了轻盈、敏捷的撑船女郎；看到了夕阳西晒时，一个骑了车迎着天边扁大的日头直追的年轻人。这样一篇诗般的散文，描绘出了有诗般意境的康桥和作者诗般的情怀。

天目山中笔记

佛于大众中　说我当作佛
闻如是法音　疑悔悉已除
初闻佛所说　心中大惊疑
将非魔作佛　恼乱我心耶
——莲花经譬喻品

山中不定是清静。庙宇在参天的大木中间藏着，早晚间有的是风，松有松声，竹有竹韵，鸣的禽，叫的虫子，阁上的大钟，殿上的木鱼，庙身的左边右边都安着接泉水的粗毛竹管，这就是天然的笙箫，时缓时急的参和着天空地上种种的鸣籁。静是不静的；但山中的声响，不论是泥土里的蚯蚓叫或是轿夫们深夜里“唱宝”的异调，自有一种个别处：它来得纯粹，来得清亮，来得透彻，冰水似的沁入你的脾肺；正如你在泉水里洗濯过后觉得清白些，这些山籁，虽则一样是音响，也分明有洗净的功能。

夜间这些清籁摇着你入梦，清早上你也从这些清籁的怀抱中苏醒。

山居是福，山上有楼住更是修得来的。我们的楼窗开处是一片蓊葱的林海；林海外更有云海！日的光，月的光，星的光：全是你的。从这三尺方的窗户你接受自然的变幻；从这三尺方的窗户你散放你情感的变幻。自在；满足。

今早梦回时睁眼见满帐的霞光。鸟雀们在赞美；我也加入一份。它们的是清越的歌唱，我的是潜深一度的沉默。

钟楼中飞下一声宏钟，空山在音波的磅礴中震荡。这一声

批注空间

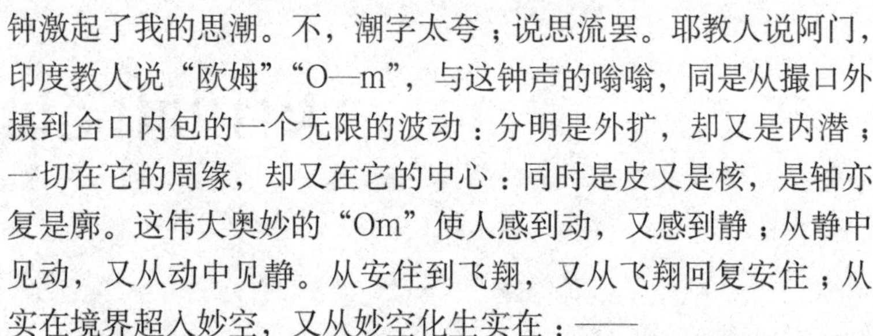

钟激起了我的思潮。不，潮字太夸；说思流罢。耶教人说阿门，印度教人说“欧姆”“O—m”，与这钟声的嗡嗡，同是从撮口外摄到合口内包的一个无限的波动：分明是外扩，却又是内潜；一切在它的周缘，却又在它的中心：同时是皮又是核，是轴亦复是廓。这伟大奥妙的“Om”使人感到动，又感到静；从静中见动，又从动中见静。从安住到飞翔，又从飞翔回复安住；从实在境界超入妙空，又从妙空化生实在：——

“闻佛柔软香，深远甚微妙。”

多奇异的力量！多奥妙的启示！包容一切冲突性的现象，扩大刹那间的视域，这单纯的音响，于我是一种智灵的洗净。花开，花落，天外的流星与田畦间的飞萤，上绾云天的青松，下临绝海的 岩，男女的爱，珠宝的光，火山的溶液：一婴儿在它的摇篮中安眠。

这山上的钟声是昼夜不间歇的，平均五分钟时一次。打钟的和尚独自在钟头上住着，据说他已经不间歇的打了十一年钟，他的心愿是打到他不能动弹的那天。钟楼上供着菩萨，打钟人在大钟的一边安着他的“座”，他每晚是坐着安神的，一只手挽着钟锤的一头，从长期的习惯，不叫睡眠耽误他的职司。“这和尚，”我自忖，“一定是有道理的！和尚是没道理的多：方才那知客憎想把七窍蒙充六根，怎么算总多了一个鼻孔或是耳孔；那方丈师的谈吐里不少某督军与某省长的点缀；那管半山亭的和尚更是贪嗔的化身，无端摔破了两个无辜的茶碗。但这打钟和尚，他一定不是庸流不能不去看看！”他的年岁在五十开外，出家有二十几年，这钟楼，不错，是他管的，这钟是他打的（说着他就过去撞了一下)，他每晚，也不错，是坐着安神的，但此外，可怜，我的俗眼竟看不出什么异样。他拂拭着神龛，神坐，拜垫，换上香烛，掇一盂水，洗一把青菜，捻一把米，擦干了手接受香客的布施，又转身去撞一声钟。他脸上看不出修行的清癯，却没有失眠的倦态，倒是满满的不时有笑容的展露；念什么经；不，就念阿弥陀佛，他竟许是不认识字的。“那一带是什么山，叫什么，和尚？”“这里是天目山，”他说。“我知道，我说的是那一带的，”我手点着问。“我不知道”他回答。

山上另有一个和尚，他住在更上去昭明太子读书台的旧址，盖着几间屋，供着佛像，也归庙管的，叫作茅棚。但这不比得普陀山上的真茅棚，那看了怕人的，坐着或是偎着修行的和尚没一个不是鹄形鸠面，鬼似的东西。他们不开口的多，你爱布施什么就放在他跟前的篓子或是盘子里，他们怎么也不睁眼，不出声，随你给的是金条或是铁条。人说得更奇了。有的半年没有吃过东西，不曾挪过窝，可还是没有死，就这冥冥地坐着。他们大约离成佛不远了，单看他们的脸色，就比石片泥土不差什么，一样这黑刺刺，死僵僵的。“内中有几个，”香客们说，“已经成了活佛，我们的祖母早三十年来就看见他们这样坐着的！”

但天目山的茅棚以及茅棚里的和尚，却没有那样的浪漫出奇。茅棚是尽够蔽风雨的屋子，修道的也是活鲜鲜的人，虽则他并不因此减却他给我们的趣味。他是一个高身材，黑面目，行动迟缓的中年人；他出家将近十年，三年前坐过禅关，现在这山上茅棚里来修行；他在俗家时是个商人，家中有父母兄弟姊妹，也许还有自身的妻子；他不曾明说他中年出家的缘由，他只说“俗业太重了，还是出家从佛的好，”但从他沉着的语音与持重的神态中可以觉出他不仅是曾经在人事上受过磨折，并且是在思想上能分清黑白的人。他的口，他的眼，都泄漏着他内里强自抑制，魔与佛交斗的痕迹；说他是放过火杀过人的忏悔者，可信；说他是个回头的浪子，也可信。他不比那钟楼上人的不着颜色，不露曲折：他分明是色的世界里逃来的一个囚犯。三年的禅关，三年的草棚，还不曾压倒，不曾灭净，他肉身的烈火。“俗业太重了，不如出家从佛的好”；这话里岂不战栗着一往忏悔的深心？我觉着好奇；我怎么能得知他深夜趺坐时意念的究竟？

佛于大众中　说我当作佛
闻如是法音　疑悔悉已除
初闻佛所说　心中大惊疑
将非魔所说　恼乱我心耶

批注空间

但这也许看太奥了。我们承受西洋人生观洗礼的，容易把做人看太积极，入世的要求太猛烈，太不肯退让，把住这热虎虎的一个身子一个心放进生活的轧床去，不叫他留存半点汁水回去；非到山穷水尽的时候，决不肯认输，退后，收下旗帜；并且即使承认了绝望的表示，他往往直接向生存本体的取决，不来半不阑珊的收回了步子向后退：宁可自杀，干脆的生命的断绝，不来出家，那是生命的否认。不错，西洋人也有出家做和尚做尼姑的，例如亚佩腊与爱洛绮丝，但在他们是情感方面的转变，原来对人的爱移作对上帝的爱，这知感的自体与它的活动依旧不含糊的在着；在东方人，这出家是求情感的消灭，皈依佛法或道法，目的在自我一切痕迹的解脱。再说，这出家或出世的观念的老家，是印度不是中国，是跟着佛教来的；印度可以会发生这类思想，学者们自有种种哲理上乃至物理上的解释，也尽有趣味的。中国何以能容留这类思想，并且在实际上出家做尼僧的今天不比以前少（我新近一个朋友差一点做了小和尚）！这问题正值得研究，因为这分明不仅仅是个知识乃至意识的浅深问题，也许这情形尽有极有趣味的解释的可能，我见闻浅，不知道我们的学者怎样想法，我愿意领教。

简 析

“天下名山僧占多”，天目山是名山，也与佛与禅息息相关，加上作为题记的偈语，我们可以体察这篇“笔记”的用意。开篇讲“山中不定是清静”，但山中的松声、竹韵、禽鸣、虫叫、钟声、泉响这些山籁却有洗净心灵的功能，这似乎已能让我们感到一点点作者的境界了。接下来和尚的故事让我们对“佛”对“法音”有了靠近、体悟。一个是昼夜不歇打了十一年钟，脸上没有修行的痕迹或失眠的倦态的和尚，大音希声，大相无形，“俗眼是看不出什么异样”来的；一个是人事上受过折磨，思想上能分清黑白，俗业太重的有故事的和尚，禅坐和草棚尚难压倒其肉身的烈火。在文章结尾，对佛有着深刻思考又承受西洋人生观洗礼的作者跟自己智辩，但结果只是无解，还需要研究思考。

自 剖

我是个好动的人：每回我身体行动的时候，我的思想也仿佛就跟着跳荡。我作的诗，不论它们是怎样的“无聊”，有不少是在行旅期中想起的。我爱动，爱看动的事物，爱活泼的人，爱水，爱空中的飞鸟，爱车窗外掣过的田野山水。星光的闪动，草叶上露珠的颤动，花须在微风中的摇动，雷雨时云空的变动，大海中波涛的汹涌，都是在在触动我感兴的情景。是动，不论是什么性质，就是我的兴趣，我的灵感。是动就会催快我的呼吸，加添我的生命。

近来却大大的变样了。第一我自身的肢体，已不如原先灵活；我的心也同样的感受了不知是年岁还是什么的拘絷。动的现象再不能给我欢喜，给我启示。先前我看着在阳光中闪烁的金波，就仿佛看见了神仙宫阙——什么荒诞美丽的幻觉，在我的脑中一闪闪的掠过；现在不同了，阳光只是阳光，流波只是流波，任凭景色怎样的灿烂，再也照不化我的呆木的心灵。我的思想，如其偶尔有，也只似岩石上的藤萝，贴着枯干的粗糙的石面，极困难的蜒着；颜色是苍黑的，姿态是倔强的。

我自己也不懂得何以这变迁来得这样的兀突，这样的深彻。原先我在人前自觉竟是一注的流泉，在在有飞沫，在在有闪光；现在这泉眼，如其还在，仿佛是叫一块石板不留余隙的给镇住了。我再没有先前那样蓬勃的情趣，每回我想说话的时候，就觉着那石块的重压，怎么也掀不动，怎么也推不开，结果只能自安沉默！“你再不用想什么了，你再没有什么可想的了”；“你

再不用开口了，你再没有什么话可说的了”，我常觉得我沉闷的心府里有这样半嘲讽半吊唁的谆嘱。

说来我思想上或经验上也并不曾经受什么过分剧烈的戟刺。我处境是向来顺的，现在，如其有不同，只是更顺了的。那么为什么这变迁？远的不说，就比如我年前到欧洲去时的心境：啊！我那时还不是一只初长毛角的野鹿？什么颜色不激动我的视觉，什么香味不奋兴我的嗅觉？我记得我在意大利写游记的时候，情绪是何等的活泼，兴趣何等的醇厚，一路来眼见耳听心感的种种，那一样不活栩栩的丛集在我的笔端，争求充分的表现！如今呢？我这次到南方去，来回也有一个多月的光景，这期内眼见耳听心感的事物也该有不少。我未动身前，又何尝不自喜此去又可以有机会饱餐西湖的风色，邓尉的梅香——单提一两件最合我脾胃的事。有好多朋友也曾期望我在这闲暇的假期中采集一点江南风趣，归来时，至少也该带回一两篇爽口的诗文，给在北京泥土的空气中活命的朋友们一些清醒的消遣。但在事实上不但在南中时我白瞪着大眼，看天亮换天昏，又闭上了眼，拼天昏换天亮，一支秃笔跟着我涉海去，又跟着我涉海回来，正如岩洞里的一根石笋，压根儿就没一点摇动的消息；就在我回京后这十来天，任凭朋友们怎样的催促，自己良心怎样的责备，我的笔尖上还是滴不出一点墨沛来。我也曾勉强想想，勉强想写，但到底还是白费！可怕是这心灵骤然的呆顿。完全死了不成？我自己在疑惑。

说来是时局也许有关系。我到京几天就逢着空前的血案。五卅事件发生时我正在意大利山中，采茉莉花编花篮儿玩，翡冷翠山中只见明星与流萤的交唤，花香与山色的温存，俗氛是吹不到的。直到七月间到了伦敦，我才理会国内风光的惨淡，等得我赶回来时，设想中的激昂，又早变成了明日黄花，看得见的痕迹只有满城黄墙上墨彩斑斓的“泣告”！

这回却不同。屠杀的事实不仅是在我住的城子里发现，我有时竟觉得是我自己的灵府里的一个惨象。杀死的不仅是青年们的生命，我自己的思想也仿佛遭着了致命的打击，比是国务院前的断脰残肢，再也不能回复生动与连贯。但这深刻的难受在我是无名的，是不能完全解释的。这回事变的奇惨性引起愤慨与悲切是一件事，但同时我们也知道在这根本起变态作用的社会里，什么怪诞的情形都是可能的。屠杀无辜，远不是年来最平常的现象。自从内战纠结以来，在受战祸的区域内，那一处村落不曾分到过遭奸污的女性，屠残的骨肉，供牺牲的生命财产？这无非是给冤氛团结的地面上多添一团更集中更鲜艳的怨毒。再说那一个民族的解放史能不浓浓的染着 Martyrs 的腔血？俄国革命的开幕就是二十年前冬宫的血景。只要我们有识力认定，有胆量实行，我们理想中的革命，这回羔羊的血就不会是白涂的。所以我个人的沉闷决不完全是这回惨案引起的感情作用。

爱和平是我的生性。在怨毒，猜忌，残杀的空气中，我的神经每每感受一种不可名状的压迫。记得前年奉直战争时我过的那日子简直是一团黑漆，每晚更深时，独自抱着脑壳伏在书桌上受罪，仿佛整个时代的沉闷盖在我的头顶——直到写下了《毒药》那几首不成形的诅咒诗以后，我心头的紧张才渐渐的缓和下去。这回又有同样的情形；只觉着烦，只觉着闷，感想来时只是破碎，笔头只是笨滞。结果身体也不舒畅，像是蜡油涂抹住了全身毛窍似的难过，一天过去了又是一天，我这里又在重演更深独坐箍紧脑壳的姿势，窗外皎洁的月光，分明是在嘲讽我内心的枯窘！

不，我还得往更深处按。我不能叫这时局来替我思想骤然的呆顿负责，我得往我自己生活的底里找去。

平常有几种原因可以影响我们的心灵活动。实际生活的牵掣可以劫去我们心灵所需要的闲暇，积成一种压迫。在某种热烈的想望不曾得满足时，我们感觉精神上的烦闷与焦躁，失望更是颠覆内心平衡的一个大原因；较剧烈的种类可以麻痹我们的灵智，淹没我们的理性。但这些都合不上我的病源；因为我在实际生活里已经得到十分的幸运，我的潜在意识里，我敢说不该有什么压着的欲望在作怪。

但是在实际上反过来看，另有一种情形可以阻塞或是减少你心灵的活动。我们知道舒服，健康，幸福，是人生的目标，

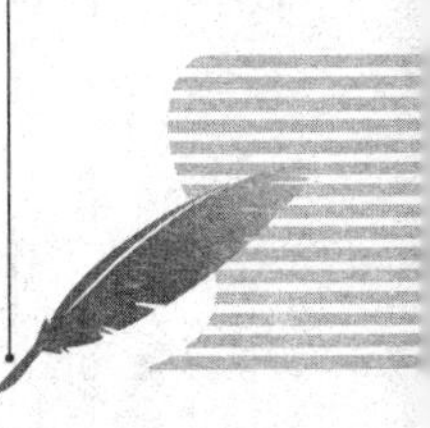

我们因此推想我们痛苦的起点是在望见那些目标而得不到的时候。我们常听人说“假如我像某人那样生活无忧我一定可以好好的做事，不比现在整天的精神全化在琐碎的烦恼上”。我们又听说“我不能做事就为身体太坏，若是精神来得，那就……”我们又常常设想幸福的境界，我们想“只要有一个意中人在跟前那我一定奋发，什么事做不到？”但是不，在事实上，舒服，健康，幸福，不但不一定是帮助或奖励心灵生活的条件，它们有时正得相反的效果。我们看不起有钱人，在社会上得意人，肌肉过分发展的运动家，也正在此；至于年少人幻想中的美满幸福，我敢说等得当真有了红袖添香，你的书也就读不出所以然来，且不说什么在学问上或艺术上更认真的工作。

那末生活的满足是我的病源吗？

“在先前的日子，”一个真知我的朋友，就说：“正为是你生活不得平衡，正为你有欲望不得满足，你的压在内里的 Libido 就形成一种升华的现象，结果你就借文学来发泄你生理上的郁结（你不常说你从事文学是一件不预期的事吗？）；这情形又容易在你的意识里形成一种虚幻的希望，因为你的写作得到一部分赞许，你就自以为确有相当创作的天赋以及独立思想的能力。但你只是自冤自，实在你并没有什么超人一等的天赋，你的设想多半是虚荣，你的以前的成绩只是升华的结果。所以现在等得你生活换了样，感情上有了安顿，你就发现你向来写作的来源顿呈萎缩甚至枯竭的现象；而你又不愿意承认这情形的实在，妄想到你身子以外去找你思想枯窘的原因，所以你就不由得感到深刻的烦闷。你只是对你自己生气，不甘心承认你自己的本相。不，你原来并没有三头六臂的！

“你对文艺并没有真兴趣，对学问并没有真热心。你本来没有什么更高的志愿，除了相当合理的生活，你只配安分做一个平常人，享你命里铸定的‘幸福’；在事业界，在文艺创作界，在学问界内，全没有你的位置，你真的没有那能耐。不信你只要自问在你心里的心里有没有那无形的‘推力’，整天整夜的恼着你，逼着你，督着你，放开实际生活的全部，单望着不可捉摸的创作境界里去冒险？是的，顶明显的关键就是那无形的推力或是冲动（The Impulse），没有它人类就没有科学，没有文学，没有艺术，没有一切超越功利实用性质的创作。你知道在国外（国内当然也有，许没那样多）有多少人被这无形的推力驱使着，在实际生活上变成一种离魂病性质的变态动物，不但人间所有的虚荣永远沾不上他们的思想，就连维持生命的睡眠饮食，在他们都失了重要，他们全部的心力只是在他们那无形的推力所指示的特殊方向上集中应用。怪不得有人说天才是疯癫；我们在巴黎、伦敦不就到处碰得着这类怪人？如其他是一个美术家，恼着他的就只怎样可以完全表现他那理想中的形体；一个线条的准确，某种色彩的调谐，在他会得比他生身父母的生死与国家的存亡更重要，更迫切，更要求注意。我们知道专门学者有终身掘坟墓的，研究蚊虫生理的，观察亿万万里外一个星的动定的。并且他们决不问社会对于他们的劳力有否任何的认识，那就是虚荣的进路；他们是被一点无形的推力的魔鬼蛊定了的。

"这是关于文艺创作的话。你自问有没有这种情形。你也许经验过什么'灵感'，那也许有，但你却不要把刹那误认作永久的，虚幻认作真实。至于说思想与真实学问的话，那也得背后有一种推力，方向许不同，性质还是不变。做学问你得有原动的好奇心，得有天然热情的态度去做求知识的工夫。真思想家的准备，除了特强的理智，还得有一种原动的信仰；信仰或寻求信仰，是一切思想的出发点：极端的怀疑派思想也只是期望重新位置信仰的一种努力。从古来没有一个思想家不是宗教性的。在他们，各按各的倾向，一切人生的和理智的问题是实在有的；神的有无，善与恶，本体问题，认识问题，意志自由问题，在他们看来都是含逼迫性的现象，要求合理的解答——比山岭的崇高，水的流动，爱的甜蜜更真，更实在，更耸动。他们的一点心灵，就永远在他们设想的一种或多种问题的周围飞舞，旋绕，正如灯蛾之于火焰：牺牲自身来贯彻火焰中心的秘密，是他们共有的决心。

"这种惨烈的情形，你怕也没有吧？我不说你的心幕上就没有思想的影子；但它们怕只是虚影，像水面上的云影，云过影

批注空间

子就跟着消散，不是石上的溜痕越日久越深刻。

“这样说下来，你倒可以安心了！因为个人最大的悲剧是设想一个虚无的境界来谎骗你自己；骗不到底的时候你就得忍受‘幻灭’的莫大的苦痛。与其那样，还不如及早认清自己的深浅，不要把不必要的负担，放上支撑不住的肩背，压坏你自己，还难免旁人的笑话！朋友，不要迷了，定下心来享你现成的福分吧；思想不是你的分，文艺创作不是你的分，独立的事业更不是你的分！天生抗了重担来的那也没法想（那一个天才不是活受罪！）你是原来轻松的，这是多可羡慕，多可贺喜的一个发现！算了吧，朋友！”

简析

《自剖》题目即惊心动魄，不是简单的介绍自己，而是要审视自己，往深里挖，定要毫不掩饰地把问题摆出来。把痛苦讲出来，把根源挖出来。作者又一次朋友般地坐在读者面前，和我们促膝长谈，我们也如老友般静听、思索，感受他的真诚，感受他的烦闷。这一时期，徐志摩正处在难以排解的当儿——面对的是思维枯萎、灵感停滞的难捱困境，作者从处境、时局、生活深处这些方面一步步找原因，直追到佛洛依德的力比多压抑说才缓缓停下执著的追问。真实是这篇散文的魅力，我们感受到了作者的困惑，我们也感受到了作者的笔力，遍地开花、深刻形象的对比可谓这篇文章的一大奇观。

批注空间

北戴河海滨的幻想

他们都到海边去了。我为左眼发炎不曾去。我独坐在前廊，偎坐在一张安适的大椅内，袒着胸怀，赤着脚，一头的散发，不时有风来撩拂。清晨的晴爽，不曾消醒我初起时睡态；但梦思却半被晓风吹断。我阖紧眼帘内视，只见一斑斑消残的颜色，一似晚霞的余赭，留恋地胶附在天边。廊前的马樱，紫荆，藤萝，青翠的叶与鲜红的花，都将他们的妙影映印在水汀上，幻出幽媚的情态无数；我的臂上与胸前，亦满缀了绿荫的斜纹。从树荫的间隙平望，正见海湾：海波亦似被晨曦唤醒，黄蓝相间的波光，在欣然的舞蹈。滩边不时见白涛涌起，迸射着雪样的水花。浴线内点点的小舟与浴客，水禽似的浮着；幼童的欢叫，与水波拍岸声，与潜涛呜咽声，相间的起伏，竞报一滩的生趣与乐意。但我独坐的廊前，却只是静静的，静静的无甚声响。妩媚的马樱，只是幽幽的微辗着，蝇虫也敛翅不飞。只有远近树里的秋蝉在纺纱似的缍引他们不尽的长吟。

在这不尽的长吟中，我独坐在冥想。难得是寂寞的环境，难得是静定的意境；寂寞中有不可言传的和谐，静默中有无限的创造。我的心灵，比如海滨，生平初度的怒潮，已经渐次的消翳，只剩有疏松的海沙中偶尔的回响，更有残缺的贝壳，反映星月的辉芒。此时摸索潮余的斑痕，追想当时汹涌的情景，是梦或是真，再亦不须辨问，只此眉梢的轻皱，唇边的微哂，已足解释无穷奥绪，深深的蕴伏在灵魂的微纤之中。

青年永远趋向反叛，爱好冒险；永远如初度航海者，幻想

黄金机缘于浩渺的烟波之外；想割断系岸的缆绳，扯起风帆，欣欣地投入无垠的怀抱。他厌恶的是平安，自喜的是放纵与豪迈。无颜色的生涯，是他目中的荆棘；绝海与凶巇，是他爱取自由的途径。他爱折玫瑰：为她的色香，亦为她冷酷的刺毒。他爱搏狂澜：为他的庄严与伟大，亦为他吞噬一切的天才，最是激发他探险与好奇的动机。他崇拜冲动：不可测，不可节，不可预逆，起，动，消歇皆在无形中，狂飙似的倏忽与猛烈与神秘。他崇拜斗争：从斗争中求剧烈的生命之意义，从斗争中求绝对的实在，在血染的战阵中，呼叫胜利之狂欢或歌败丧的哀曲。

幻象消灭是人生里命定的悲剧；青年的幻灭，更是悲剧中的悲剧，夜一般的沉黑，死一般的凶恶。纯粹的，猖狂的热情之火，不同阿拉亭的神灯，只能放射一时的异彩，不能永久的朗照；转瞬间，或许，便已敛熄了最后的焰舌，只留存有限的余烬与残灰，在未灭的余温里自伤与自慰。

流水之光，星之光，露珠之光，电之光，在青年的妙目中闪耀，我们不能不惊讶造化者艺术之神奇；然可怖的黑影，倦与衰与饱餍的黑影，同时亦紧紧的跟着时日进行，仿佛是烦恼，痛苦，失败，或庸俗的尾曳，亦在转瞬间，彗星似的扫灭了我们最自傲的神辉——流水涸，明星没，露珠散灭，电闪不再!

在这艳丽的日辉中，只见愉悦与欢舞与生趣，希望，闪烁的希望，在荡漾，在无穷的碧空中，在绿叶的光泽里，在虫鸟的歌吟中，在青草的摇曳中——夏之荣华，春之成功。春光与希望，是长驻的；自然与人生，是调谐的。

在远处有福的山谷内，莲馨花在坡前微笑，稚羊在乱石间跳跃，牧童们，有的吹着芦笛，有的平卧在草地上，仰看变幻的浮游的白云，放射下的青影在初黄的稻田中缥缈地移过。在远处安乐的村中，有妙龄的村姑，在流涧边照映她自制的春裙；口衔烟斗的农夫三四，在预度秋收的丰盈，老妇人们坐在家门外阳光中取暖，她们的周围有不少的儿童，手擎着黄白的钱花在环舞与欢呼。

在远——远处的人间，有无限的平安与快乐，无限的春光……

在此暂时可以忘却无数的落蕊与残红；亦可以忘却花荫中

批注空间

掉下的枯叶，私语地预告三秋的情意；亦可以忘却苦恼的僵瘪的人间，阳光与雨露的殷勤，不能再恢复他们腮颊上生命的微笑，亦可以忘却纷争的互杀的人间，阳光与雨露的仁慈，不能感化他们凶恶的兽性；亦可以忘却庸俗的卑琐的人间，行云与朝露的丰姿，不能引逗他们刹那间的凝视；亦可以忘却自觉的失望的人间，绚烂的春时与媚草，只能反激他们悲伤的意绪。

我亦可以暂时忘却我自身的种种；忘却我童年期清风白水似的天真；忘却我少年期种种虚荣的希冀；忘却我渐次的生命的觉悟；忘却我热烈的理想的寻求；忘却我心灵中乐观与悲观的斗争；忘却我攀登文艺高峰的艰辛；忘却刹那的启示与彻悟之神奇；忘却我生命潮流之骤转；忘却我陷落在危险的漩涡中之幸与不幸；忘却我追忆不完全的梦境；忘却我大海底里埋着的秘密；忘却曾经刳割我灵魂的利刃，炮烙我灵魂的烈焰，摧毁我灵魂的狂飙与暴雨；忘却我的深刻的怨与艾；忘却我的冀与愿；忘却我的恩泽与惠感；忘却我的过去与现在……

过去的实在，渐渐的膨胀，渐渐的模糊，渐渐的不可辨认；现在的实在，渐渐的收缩，逼成了意识的一线，细极狭极的一线，又裂成了无数不相联续的黑点……黑点亦渐次的隐翳？幻术似的灭了，灭了，一个可怕的黑暗的空虚……

简析

作为深受西方人文精神影响的作家，徐志摩思想世界中非常重要的一个方面就是对自然的推崇和沉湎。《北戴河海滨的幻想》写北戴河海滨独处，由绝美的风光引导，沉浸在无尽的遐想——关于宇宙和人生真谛的体悟。意识发展的线索是：先写喧闹　丽的海滨风光，从中领悟“寂寞中的和谐，静默中的创造”，由此想到生命的进化——从青年的狂热到中年的幻灭，都与自然相对应、相和谐；次写田园风光的遐想，突出人间的平安快乐，最后落脚于“忘却”主题——主体融化在自然中，自然成为安抚灵魂的避风之港，在他的怀抱中，作者沉醉，忘却了人世扰攘，升华到无我境界。

批注空间

我的彼得

新近有一天晚上，我在一个地方听音乐，一个不相识的小孩，约莫八九岁光景，过来坐在我的身边，他说的话我不懂，我也不易使他懂我的话，那可并不妨事，因为在几分钟内我们已经是很好的朋友，他拉着我的手，我拉着他的手，一同听台上的音乐。他年纪虽则小，他音乐的兴趣已经很深：他比着手势告我他也有一张提琴，他会拉，并且说哪几个是他已经学会的调子。他那资质的敏慧，性情的柔和，体态的秀美，不能使人不爱；而况我本来是喜欢小孩们的。

但那晚虽则结识了一个可爱的小友，我心里却并不快爽；因为不仅见着他使我想起你，我的小彼得，并且在他活泼的神情里我想见了你，彼得，假如你长大的话，与他同年龄的影子。你在时，与他一样，也是爱音乐的；虽则你回去的时候刚满三岁，你爱好音乐的故事，从你襁褓时起，我屡次听你妈与你的“大大”讲，不但是十分的有趣可爱，竟可说是你有天赋的凭证，在你最初开口学话的日子，你妈已经写信给我，说你听着了音乐便异常的快活，说你在坐车里常常伸出你的小手在车栏上跟着音乐按拍；你稍大些会得淘气的时候，你妈说，只要把话匣开上，你便在旁边乖乖的坐着静听，再也不出声不闹：——并且你有的是可惊的口味，是贝多芬是槐格纳你就爱，要是中国的戏片，你便盖没了你的小耳，决意不让无意味的锣鼓，打搅你的清听！你的大大（她多疼你！）讲给我听你得小提琴的故事：怎样那晚上买琴来的时候，你已经在你的小床上睡好，怎样她们为怕你起来闹，赶快灭了灯亮，把琴放在你的床边，怎样你这小机灵早已看见，却偏不做声，等你妈与大大都上了床，你才偷偷地爬起来，摸着了你的宝贝，再也忍不住的你技痒，站在漆黑的床边，就开始你“截桑柴”的本领，后来怎样她们干涉了你，你便乖乖的把琴抱进你的床去，一起安眠。她们又讲你怎样欢喜拿着一根短棍站在桌上模仿音乐会的导师，你那认真的神情常常叫在座人大笑。此外还有不少趣话，大大记得最清楚，她都讲给我听过；但这几件故事已够见证你小小的灵性里早长着音乐的慧眼。实际我与你妈早经同意想叫你长大时留在德国学习音乐；——谁知道在你的早殇里我们不失去了一个可能的毛赞德（Mozart）：在中国音乐最饥荒的日子，难得见这一点希冀的青芽，又教命运无情的脚根踏倒，想起怎不可伤？

彼得，可爱的小彼得，我“算是”你的父亲，但想起我做父亲的往迹，我心头便涌起了不少的感想；我的话你是永远听不着了，但我想借这悼念你的机会，稍稍疏泄我的积愫，在这不自然的世界上，与我境遇相似或更不如的当不在少数，因此我想说的话或许还有人听，竟许有人同情。就是你妈，彼得，她也何尝有一天接近过快乐与幸福、但她在她同样不幸的境遇中证明她的智断，她的忍耐，尤其是她的勇敢与胆量；所以至少她，我敢相信，可以懂得我话里意味的深浅，也只有她，我敢说，最有资格指证或相诠释——在她有机会时——我的情感的真际。

但我的情愫！是怨，是恨，是忏悔，是怅惘？对着这不完全，不如意的人生，谁没有怨，谁没有恨，谁没有怅惘？除了天生颟顸的，谁不曾在他生命的经途中——葛德说的——和着悲哀吞他的饭，谁不曾拥着半夜的孤衾饮泣？我们应得感谢上苍的是他不可度量的心裁，不但在生物的境界中他创造了不可计数的种类，就这悲哀的人生也是因人差异，各个不同，——同是一个碎心，却没有同样的碎痕，同是一滴眼泪，却难寻同样的

批注空间

批注空间

泪晶。

彼得我爱，我说过我是你的父亲。但我最后见你的时候你才不满四月，这次我再来欧洲你已经早一个星期回去，我见着的只你的遗像，那太可爱，与你一撮的遗灰，那太可惨。你生前日常把弄的玩具——小车、小马、小鹅、小琴、小书——，你妈曾经件件的指给我看，你在时穿着的衣、褂、鞋、帽，你妈与你大大也曾含着眼泪从箱里理出来给我抚摩，同时她们讲你生前的故事，直到你的影象活现在我的眼前，你的脚踪仿佛在楼板上蹦响。你是不认识你父亲的，彼得，虽则我听说他的名字常在你的口边，他的肖像也常受你小口的亲吻，多谢你妈与你大大的慈爱与真挚，她们不仅永远把你放在她们心坎的底里，她们也使我——没福见着你的父亲，知道你，认识你，爱你，也把你的影像、活泼、美慧、可爱，永远镂上了我的心版。那天在柏林的会馆里，我手捧着那收存你遗灰的锡瓶，你妈与你七舅站在旁边止不住滴泪，你的大大哽咽着，把一个小花圈挂上你的门前——那时间我，你的父亲，觉着心里有一个尖锐的刺痛，我才初次明白曾经有一点血肉从我自己的生命里分出，这才觉着父性的爱像泉眼似的在性灵里汩汩的流出；只可惜是迟了，这慈爱的甘液不能救活已经萎折了的鲜花，只能在他纪念日的周遭永远无声的流传。

彼得，我说我要借这机会稍稍爬梳我年来的郁积；但那也不见得容易；要说的话仿佛就在口边，但你要它们的时候，它们又不在口边：像是长在大块岩石底下的嫩草，你得有力量翻起那岩石才能把它不伤损的连根起出——谁知道那根长的多深！是恨，是怨，是忏悔，是怅惘？许是恨，许是怨，许是忏悔，许是怅惘。荆棘刺入了行路人的胫踝，他才知道这路的难走；但为什么有荆棘？是它们自己长着，还是有人存心种着的？也许是你自己种下的？至少你不能完全抱怨荆棘：一则因为这道是你自愿才来走的；再则因为那刺伤是你自己的脚踏上了荆棘的结果，不是荆棘自动来刺你。——但又谁知道？因此我有时想，彼得像你倒真是聪明：你来时是一团活泼，光亮的天真，你去时也还是一个光亮，活泼的灵魂；你来人间真像是短期的做客，你知道的是慈母的爱，阳光的和暖与花草的美丽，你离开了妈的怀抱，你回到了天父的怀抱，我想他听你欣欣的回报这番做客——只尝甜浆，不吞苦水——的经验，他上年纪的脸上一定满布着笑容——你的小脚踝上不曾碰着过无情的荆棘，你穿来的白衣不曾沾着一斑的泥污。

但我们，比你住久的，彼得，却不是来做客；我们是遭放逐，无形的解差永远在后背催逼着我们赶道：为什么受罪，前途是哪里，我们始终不曾明白，我们明白的只是底下流血的胫踝，只是这无恩的长路，这时候想回头已经太迟，想中止也不可能，我们真的羡慕，彼得，像你那谪期的简净。

在这道上遭受的，彼得，还不止是难，不止是苦，最难堪的是逐步相追的嘲讽，身影似的不可解脱。我既是你的父亲，彼得，比方说，为什么我不能在你的生前，日子虽短，给你应得的慈爱，为什么要到这时候，你已经去了不再回来，我才觉着骨肉的关联？并且假如我这番不到欧洲，假如我在万里外接到你的死耗，我怕我只能看作水面上的云影，来时自来，去时自去：正如你生前我不知欣喜，你在时我不知爱惜，你去时也不能过分动我的情感。我自分不是无情，不是寡恩，为什么我对自身的血肉，反是这般不近情的冷漠？彼得，我问为什么，这问的后身便是无限的隐痛；我不能怨，我不能恨，更无从悔，我只是怅惘，我只能问！明知是自苦的揶揄，但我只能忍受。而况揶揄还不止此，我自身的父母，何尝不赤心的爱我；但他们的爱却正是造成我痛苦的原因：我自己也何尝不笃爱我的亲亲，但我不仅不能尽我的责任，不仅不曾给他们想望的快乐，我，他们的独子，也不免加添他们的烦愁，造作他们的痛苦，这又是为什么？在这里，我也是一般的不能恨，不能怨，更无从悔，我只是怅惘——我只能问。昨天我是个孩子，今天已是壮年：昨天腮边还带着圆润的笑涡，今天头上已见星星的白发；光阴带走的往迹，再也不容追赎，留下在我们心头的只是些揶揄的鬼影；我们在这道上偶尔停步回想的时候，只能投一个虚圈的“假

批注空间

使当初”，解嘲已往的一切。但已往的教训，即使有，也不能给我们利益，因为前途还是不减启程时的渺茫，我们还是不能选择自由的途径——到那天我们无形的解差喝住的时候，我们唯一的权利，我猜想，也只是再丢一个虚圈更大的“假使”，圆满这全程的寂寞，那就是止境了。

简 析

徐志摩是喜欢小孩子的，他与双栝老人的小孩子说得来、玩得开，他注意小孩子的举动、想法，他容易与小孩子亲近，他有很多话要跟自己的孩子说，这也许正是源于或者导致了他自己如孩童般的简单与真挚吧！与一个可爱小友的邂逅，作者心里并没有愉快，因为这份招人喜爱、这张孩童的脸，作者想起了自己的孩子——一个刚满三岁即早夭的孩子，一个给了他父母美好憧憬的颇具音乐天分的孩子，一个与父母缘分浅了些的孩子。作者感念自己与彼得相处时间太短，只能“算是”父亲，但父子之情血浓于水，这一番父亲讲给儿子的话，其间的道理、其间的感悟、其间的感情给我们思考让我们动容。

罗曼·罗兰

罗曼·罗兰（Romain Rolland），这个美丽的音乐的名字，究竟代表些什么？他为什么值得国际的敬仰，他的生日为什么值得国际的庆祝？他的名字，在我们多少知道他的几个人的心里，引起些个什么？他是否值得我们已经认识他思想与景仰他人格的更亲切的认识他，更亲切的景仰他；从不曾接近他的，赶快从他的作品里去接近他？

一个伟大的作者如罗曼·罗兰或托尔斯泰，正是一条大河，它那波澜，它那曲折，它那气象，随处不同，我们不能划出它的一湾一角来代表它那全流。我们有幸福在书本上结识他们的正比是尼罗河或扬子江沿岸的泥坷，各按我们的受量分沾他们的润泽的恩惠罢了。说起这两位作者——托尔斯泰与罗曼·罗兰：他们灵感的泉源是同一的，他们的使命是同一的，他们在精神上有相互的默契（详后），仿佛上天从不教他的灵光在世上完全灭迹，所以在这普遍的混浊与黑暗的世界内往往有这类禀承灵智的大天才在我们中间指点迷途，启示光明。但他们也自有他们不同的地方；如其我们还是引申上面这个比喻，托尔斯泰、罗曼·罗兰的前人，就更像是尼罗河的流域，它那两岸是浩瀚的砂碛，古埃及的墓宫，三角金字塔的映影，高矗的棕榈类的林木，间或有帐幕的游行队，天顶永远有异样的明星；罗曼·罗兰，托尔斯泰的后人，像是扬子江的流域，更近人间，更近人情的大河，它那两岸是青绿的桑麻，是连栉的房屋，在波粼里泅着

的是鱼是虾，不是长牙齿的鳄鱼，岸边听得见的也不是神秘的驼铃，是随熟的鸡犬声。这也许是斯拉夫与拉丁民族各有的异禀，在这两位大师的身上得到更集中的表现，但他们润泽这苦旱的人间的使命是一致的。

十五年前一个下午，在巴黎的大街上，有一个穿马路的叫汽车给碰了，差一点没有死。他就是罗曼·罗兰。那天他要是死了，巴黎也不会怎样的注意，至多报纸上本地新闻栏里登一条小字："汽车肇祸，撞死了一个走路的，叫罗曼·罗兰，年四十五岁，在大学里当过音乐史教授，曾经办过一种不出名的杂志叫 Cahiers de la Quinzaine 的。"

但罗兰不死，他不能死；他还得完成他分定的使命。在欧战爆裂的那一年，罗兰的天才，五十年来在无名的黑暗里埋着的，忽然取得了普遍的认识。从此他不仅是全欧心智与精神的领袖，他也是全世界一个灵感的泉源。他的声音仿佛是最高峰上的崩雪，回响在远近的万壑间。五年的大战毁了无数的生命与文化的成绩，但毁不了的是人类几个基本的信念与理想，在这无形的精神价值的战场上，罗兰永远是一个不仆的英雄。对着在恶斗的旋涡里挣扎着的全欧，罗兰喊一声彼此是弟兄放手！对着蜘网似密布，疫疠似蔓延的怨恨，仇毒，虚妄，疯癫，罗兰集中他孤独的理智与情感的力量作战。对着普遍破坏的现象，罗兰伸出他单独的臂膀开始组织人道的势力。对着叫褊浅的国家主义与恶毒的报复本能迷惑住的智识阶级，他大声的唤醒他们应负的责任，要他们恢复思想的独立，救济盲目的群众。《在战场的空中》——"Above the Battle Field"——不是在战场上，在各民族共同的天空，不是在一国的领土内，我们听得罗兰的大声，也就是人道的呼声，像一阵光明的骤雨，激斗着地面上互杀的烈焰。罗兰的作战是有结果的，他联合了国际间自由的心灵，替未来的和平筑一层有力的基础。这是他自己的话：

> 我们从战争得到一个付重价的利益，它替我们联合了各民族中不甘受流行的种族怨毒支配的心灵。这次的教训益发激励他们的精力，强固他们的意志。谁说人类友爱是一个绝望的理想？我再不怀疑未来的全欧一致的结合。我们不久可以实现那精神的统一。这战争只是它的热血的洗礼。

这是罗兰，勇敢的人道的战士！当他全国的刀锋一致向着德人的时候，他敢说不，真正的敌人是你们自己心怀里的仇毒。当全欧破碎成不可收拾的断片时，他想象到人类更完美的精神的统一。友爱与同情，他相信，永远是打倒仇恨与怨毒的利器；他永远不怀疑他的理想是最后的胜利者。在他的前面有托尔斯泰与陀思妥也夫斯基（虽则思想的形式不同），他的同时有泰戈尔与甘地（他们的思想的形式也不同），他们的立场是在高山的顶上，他们的视域在时间上是历史的全部，在空间里是人类的全体，他们的声音是天空里的雷震，他们的赠与是精神的慰安。我们都是牢狱里的囚犯，镣铐压住的，铁栏锢住的，难得有一丝雪亮暖和的阳光照上我们黝黑的脸面，难得有喜雀过路的欢声清醒我们昏沉的头脑。“重浊，”罗兰开始他的《贝多芬传》：

> 重浊是我们周围的空气。这世界是叫一种凝厚的污浊的秽息给闷住了……一种卑琐的物质压在我们的心里，压在我们的头上，叫所有民族与个人失却了自由工作的机会。我们会让掐住了转不过气来。来，让我们打开窗子好叫天空自由的空气进来，好叫我们呼吸古英雄们的呼吸。

打破我执的偏见来认识精神的统一；打破国界的偏见来认识人道的统一。这是罗兰与他同理想者的教训。解脱怨毒的束缚来实现思想的自由；反抗时代的压迫来恢复性灵的尊严。这是罗兰与他同理想者的教训。人生原是与苦俱来的；我们来做

批注空间

人的名分不是咒诅人生，因为它给我们苦痛，我们正应在苦痛中学习，修养，觉悟，在苦痛中发现我们内蕴的宝藏，在苦痛中领会人生的真际。英雄，罗兰最崇拜如米开朗琪罗与贝多芬一类人道的英雄，不是别的，只是伟大的耐苦者。那些不朽的艺术家，谁不曾在苦痛中实现生命，实现艺术，实现宗教，实现一切的奥义？自己是个深感苦痛者，他推致他的同情给世上所有的受苦者；在他这受苦，这耐苦，是一种伟大，比事业的伟大更深沉的伟大。他要寻求的是地面上感悲哀感孤独的灵魂。“人生是艰难的。谁不甘愿承受庸俗，他这辈子就是不断的奋斗。并且这往往是苦痛的奋斗，没有光彩没有幸福，独自在孤单与沉默中挣扎。穷困压着你，家累累着你，无意味的沉闷的工作消耗你的精力，没有欢欣，没有希冀，没有同伴，你在这黑暗的道上甚至连一个在不幸中伸手给你的骨肉的机会都没有。”这受苦的概念便是罗兰人生哲学的起点，在这上面他求筑起一座强固的人道的寓所。因此在他有名的传记里他用力传述先贤的苦难生涯，使我们憬悟至少在我们的苦痛里，我们不是孤独的，在我们切己的苦痛里隐藏着人道的消息与线索。“不快活的朋友们，不要过分的自伤，因为最伟大的人们也曾分尝味你们的苦味。我们正应得跟着他们的努奋自勉。假如我们觉得软弱，让我们靠着他们喘息。他们有安慰给我们。从他们的精神里放射着精力与仁慈。即使我们不研究他们的作品，即使我们听不到他们的声音，单从他们面上的光彩，单从他们曾经生活过的事实里，我们应得感悟到生命最伟大、最生产——甚至最快乐——的时候是在受苦痛的时候。”

我们不知道罗曼·罗兰先生想象中的新中国是怎样的；我们不知道为什么他特别示意要听他的思想在新中国的回响。但如其他能知道新中国像我们自己知道它一样，他一定感觉与我们更密切的同情，更贴近的关系，也一定更急急的伸手给我们握着——因为你们知道，我也知道，什么是新中国只是新发现的深沉的悲哀与苦痛深深的盘伏在人生的底里！这也许是我个人新中国的解释；但如其有人拿一些时行的口号，什么打倒帝国主义等等，或是分裂与猜忌的现象，去报告罗兰先生说这是新中国，我再也不能预料他的感想了。

我已经没有时候与地位叙述罗兰的生平与着述；我只能匆匆地略说梗概。他是一个音乐的天才，在幼年音乐便是他的生命。他妈教他琴，在谐音的波动中他的童心便发现了不可言喻的快乐。莫扎特与贝多芬是他最早发现的英雄。所以在法国经受普鲁士战争爱国主义最高激的时候，这位年轻的圣人正在“敌人”的作品中尝味最高的艺术。他的自传里写着：“我们家里有好多旧的德国音乐书。德国？我懂得那个字的意义？在我们这一带我相信德国人从没有人见过的，我翻着那一堆旧书，爬在琴上拼出一个个的音符。这些流动的乐音，谐调的细流，灌溉着我的童心，像雨水漫入泥土似的淹了进去。莫扎特与贝多芬的快乐与苦痛，想望的幻梦，渐渐的变成了我的肉的肉，我的骨的骨。我是它们，它们是我。要没有它们我怎过得了我的日子？我小时生病危殆的时候，莫扎特的一个调子就像爱人似的贴近我的枕衾看着我。长大的时候，每回逢着怀疑与懊丧，贝多芬的音乐又在我的心里拨旺了永久生命的火星。每回我精神疲倦了，或是心上有不如意事，我就找我的琴去，在音乐中洗净我的烦愁。”

要认识罗兰的不仅应得读他神光焕发的传记，还得读他十卷的 Jean Christophe，在这书里他描写他的音乐的经验。

他在学堂里结识了莎士比亚，发现了诗与戏剧的神奇。他的哲学的灵感，与葛德一样，是泛神主义的斯宾诺塞。他早年的朋友是近代法国三大诗人：克洛岱乐（Paul Claudel 法国驻日大使），Ande Suares，与 Charles Peguy（后来与他同办 Cahiers de la Quinzaine）。那时槐格纳是压倒一时的天才，也是罗兰与他少年朋友们的英雄。但在他个人更重要的一个影响

是托尔斯泰。他早就读他的著作，十分的爱慕他，后来他念了他的《艺术论》，那只俄国的老象——用一个偷来的比喻——走进了艺术的花园里去，左一脚踩倒了一盆花，那是莎士比亚，右一脚又踩倒了一盆花，那是贝多芬，这时候少年的罗曼·罗兰走到了他的思想的歧路了。莎氏、贝氏、托氏，同是他的英雄，但托氏愤愤的申斥莎、贝一流的作者，说他们的艺术都是要不得，不相干的，不是真的人道的艺术——他早年的自己也是要不得不相干的。在罗兰一个热烈的寻求真理者，这来就好似青天里一个霹雳；他再也忍不住他的疑虑。他写了一封信给托尔斯泰，陈述他的冲突的心理。他那年二十二岁。过了几个星期罗兰差不多把那信忘都忘了，一天忽然接到一封邮件：三十八满页写的一封长信，伟大的托尔斯泰的亲笔给这不知名的法国少年的！"亲爱的兄弟，"那六十老人称呼他，"我接到你的第一封信，我深深的受感在心。我念你的信，泪水在我的眼里。"下面说他艺术的见解：我们投入人生的动机不应是为艺术的爱，而应是为人类的爱。只有经受这样灵感的人才可以希望在他的一生实现一些值得一做的事业。这还是他的老话，但少年的罗兰受深彻感动的地方是在这一时代的圣人竟然这样恳切的同情他，安慰他，指示他，一个无名的异邦人。他那时的感奋我们可以约略想象。因此罗兰这几十年来每逢少年人写信给他，他没有不亲笔作复，用一样慈爱诚挚的心对待他的后辈。这来受他的灵感的少年人更不知多少了。这是一件含奖励性的事实。我们从可以知道凡是一件不勉强的善事就比如春天的熏风，它一路来散布着生命的种子，唤醒活泼的世界。

但罗兰那时离着成名的日子还远，虽则他从幼年起只是不懈的努力。他还得经尝身世的失望（他的结婚是不幸的，近三十年来他几乎是完全隐士的生涯，他现在瑞士的鲁山，听说与他妹子同居），种种精神的苦痛，才能实受他的劳力的报酬——他的天才的认识与接受。他写了十二部长篇剧本，三部最著名的传记（米开朗琪罗、贝多芬、托尔斯泰），十大篇 Jean Christophe，算是这时代里最重要的作品的一部，还有他与他的朋友办了十五年灰色的杂志，但他的名字还是在晦塞的灰堆里掩着——直到他将近五十岁那年，这世界方才开始惊讶他的异彩。贝多芬有几句话，我想可以一样适用到一生劳悴不怠的罗兰身上：

> 我没有朋友，我必得单独过活；但是我知道在我心灵的底里上帝是近着我，比别人更近。我走近他我心里不害怕，我一向认识他的。我从不着急我自己的音乐，那不是坏运所能颠扑的，谁要能懂得它，它就有力量使他解除磨折旁人的苦恼。

批注空间

简 析

罗曼·罗兰（1866—1944），法国作家、音乐评论家。徐志摩写这篇纪念文章之时，罗曼·罗兰已经写出了他最有影响的《名人传》、《约翰·克利斯朵夫》等作品，并于1915 年获得了诺贝尔文学奖，成为欧洲乃至全世界有巨大影响的知识分子典范。他是徐志摩仰慕的作家，本文和《拜伦》通篇用绚烂形象描绘主人公不同，用较为平实的笔调介绍和阐述罗曼·罗兰的意义，着重突出其面对第一次世界大战而表现出的“勇敢的人道的战士”这一面。开头把他与托尔斯泰相比较，用尼罗河和扬子江来类比，颇见新意。后半部分概述其生平，则省略了具体行实，突出了托尔斯泰、贝多芬等艺术家对他人格的影响。

批注空间

曼殊斐儿

“这心灵深处的欢畅，
这情绪境界的壮旷；
任天堂沉沦地狱开放，
毁不了我内府的宝藏！”
——《康河晚照即景》

美感的记忆，是人生最可珍的产业，认识美的本能是上帝给我们进天堂的一把秘钥。

有人的性情，例如我自己的，如以气候喻，不但是阴晴相间，而且常有狂风暴雨，也有最艳丽蓬勃的春光。有时遭逢幻感引起厌世的悲观，铅般的重压在心上，比如冬令阴霾，到处冰结，莫有微生气；那时便怀疑一切；宇宙、人生、自我，都只是幻的妄的；人情、希望理想也只是妄的幻的。

Ah, human nature, how,
If utterly frail thou art and vile,
If dust thou art and ashes, is thy heart so great?
If thou art noble in part,
How are the loftiest impulses and thoughts
By so ignobles causes kindled and put out?
“Sopra un ritratto di una bella donna.”

这几行是最深入的悲观派诗人理巴第（Leopardi）的诗；一座荒坟的墓碑上，刻着冢中人生前美丽的肖像，激起了他这根本的疑问——若说人生是有理可寻的何以到处只是矛盾的现象，若说美是幻的，何以他引起的心灵反应能有如此之深切，若说美是真的，何以可以也与常物同归腐朽，但理巴第探海灯似的智力虽则把人间种种事物虚幻的外象一一褫剥连宗教都剥成了个赤裸的梦，他却没有力量来否认美！美的创现他只能认为是稀奇的，他也不能否认高洁的精神恋，虽则他不信女子也能有同样的境界，在感美感恋的最纯粹的一刹那间，理巴第不能不承认是极乐天国的消息，不能不承认是生命中最宝贵的经验，所以我每次无聊到极点的时候，在层冰般严封的心河底里，突然涌起一股消融一切的热流，顷刻间消融了厌世的结晶，消融了烦闷的苦冻。那热流便是感美感恋最纯粹的一俄顷之回忆。

To see a world in a grain of sand,
And a Heaven in a wild flower,
Hold Infinity in the palm of your hand
And eternity in an hour,
Auguries of Muveence William Glabe.

从一颗沙里看出世界，天堂的消息在一朵野花，将无限存在你的掌上。

这类神秘性的感觉，当然不是普遍的经验，也不是常有的经验，凡事只认实际的人，当然嘲讽神秘主义，当然不能相信科学可解释的神经作用，曾发生科学所不能解释的神秘感觉。但世上“可为知者道不可与不知者言”的情事正多着哩！

从前在十六世纪，有一次有一个意大利的牧师学者到英国乡下去，见了一大片盛开的苜蓿（Clover）在阳光中只似一湖欢舞的黄金，他只惊喜得手足无措，慌忙跪在地上，仰天祈告，感谢上帝的恩典，使他得见这样的美，这样的神景，他这样发疯似的举动当时一定招起在旁乡下人的哗笑，我这篇里要讲的经历，恐怕也有些那牧师狂喜的疯态，但我也深信读者里自有同情的人，所以我也不怕遭到乡下人的笑话！

去年七月中有一天晚上，天雨地湿，我独自冒着雨在伦敦的海姆司堆特（Hampstead）问路惊问行人，在寻彭德街第十号的屋子。那就是我初次，不幸也是末次，会见曼殊斐儿——“那

批注空间

二十分不死的时间！”——的一晚。

我先认识麦雷君，John Midaleton Murry，《Atheneaum》的总主笔，诗人，著名的评衡家，也是曼殊斐儿一生最后十余年间最密切的伴侣。

他和她自1913年起，即夫妇相处，但曼殊斐儿却始终用她到英国以后的“笔名”（Penname）Miss Kathrine Mansfield。她生长于纽新兰（New zealand），原名是Kathleen Beanchamp，是纽新兰银行经理Sir Harold Beanchamp的女儿，她十五年前离开了本乡，同着她三个小妹子到英国，进伦敦大学院读书，她从小即以美慧著名，但身体也从小即很怯弱，她曾在德国住过，那时她写她的第一本小说《In a German Pension》。大战期内她在法国的时候多，近几年她也常在瑞士意大利及法国南部。她所以常在外国，就为她身体太弱，禁不得英伦的雾迷雨苦的天时，麦雷为了伴她也只得把一部的事业放弃（《Atheneaum》之所以并入《London Nation》就为此），跟着他安琪儿似的爱妻，寻求健康，据说可怜的曼殊斐儿战后得了肺病证明以后，医生明说她不过三两年的寿限，所以麦雷和她相处有限光阴，真是分秒可数，多见一次夕照，多经一度朝旭，她优昙似的余荣，便也消减了如许的活力，这颇使想起茶花女一面吐血一面纵酒恣欢时的名句：“You know I have not long to live, therefore I will live fast！——你知道我是活不久长的，所以我存心活他一个痛快！”我正不知道多情的麦雷，对着这艳丽无双的夕阳，渐渐消翳，心里“爱莫能助”的悲感，浓烈到何等田地！

但曼殊斐儿的“活他一个痛快”的方法，却不是像茶花女的纵酒恣欢，而是在文艺中努力；她像夏夜榆林中的鹃鸟，吐出缕缕的心血来制成无变的情曲，便唱到血枯音嘶，也还不忘她的责任，是牺牲自已有限的精力，替自然界多增几分的美，给苦闷的人间，几分艺术化精神的安慰。

她心血所凝成的便是两本小说集，一本是《Bliss》，一本是去年出版的《Garden Party》。凭这两部书里的二三十篇小说，她已经在英国的文学界里占了一个很稳固的位置，一般的小说只是小说，她的小说却是纯粹的文学，真的艺术；平常的作者只求暂时的流行，博群众的欢迎，她却只想留下几小块“时灰”掩不暗的真品，只要得少数知音者的赞赏。

但唯其是纯粹的文学，她著作的光彩是深蕴于内而不是显露于外者，其趣味也须读者用心咀嚼，方能充分的理会，我承作者当面许可选择她的精品，如今她已去世，我更应珍重实行我翻译的特权，虽则我颇怀疑我自己的胜任，我的好友陈通伯他所知道的欧洲文学恐怕在北京比谁都更渊博些，他在北大教短篇小说，曾经讲过曼殊斐儿的，很使我欢喜。他现在答应也来选读几篇，我更要感谢他了。关于她短篇艺术的长处，我也希望通伯能有机会说一点。

现在让我讲那晚怎样的会晤曼殊斐儿，早几天我和麦雷在Charing Cross背后一家嘈杂的A．B．C．茶店里，讨论英法文坛的状况。我乘便说起近几年中国文艺复兴的趋向，在小说里感受俄国作者的影响最深，他几乎跳了起来，因为他们夫妻最崇拜俄国的几位大家，他曾经特别研究过陀思妥也夫斯基，著有一本《Dostoievsky：A Critical Study Martin Seoker》，曼殊斐儿又是私淑契高夫（Tchekow）的，他们常在抱憾俄国文学始终不会受英国人相当的注意，因之小说的质舆式，还脱不尽维多利亚时期的Philistinism。我又乘便问起曼殊斐儿的近况，他说她这一时身体颇过得去，所以此次敢伴着她回伦敦来住两个星期，他就给了我他们的住址，请我星期四，晚上去会她和他们的朋友。

所以我会见曼殊斐儿，真算是凑巧的凑巧，星期三那天我到惠尔思（H.C.Wells）乡里的家去了（Easten Glebe），下一天和他的夫人一同回伦敦，那天雨下得很大，我记得回寓时浑身都淋湿了。

他们在彭德街的寓处，很不容易找，（伦敦寻地方总是麻烦的，我恨极了那个回街曲巷的伦敦。）后来居然寻着了，一家小小一楼一底的屋子，麦雷出来替我开门，我颇狼狈地拿着雨伞还拿着一个朋友还我的几卷中国字画，进了门。我脱了雨具，他让我进右首一间屋子，我到那时为止对于曼殊斐儿只是

批注空间

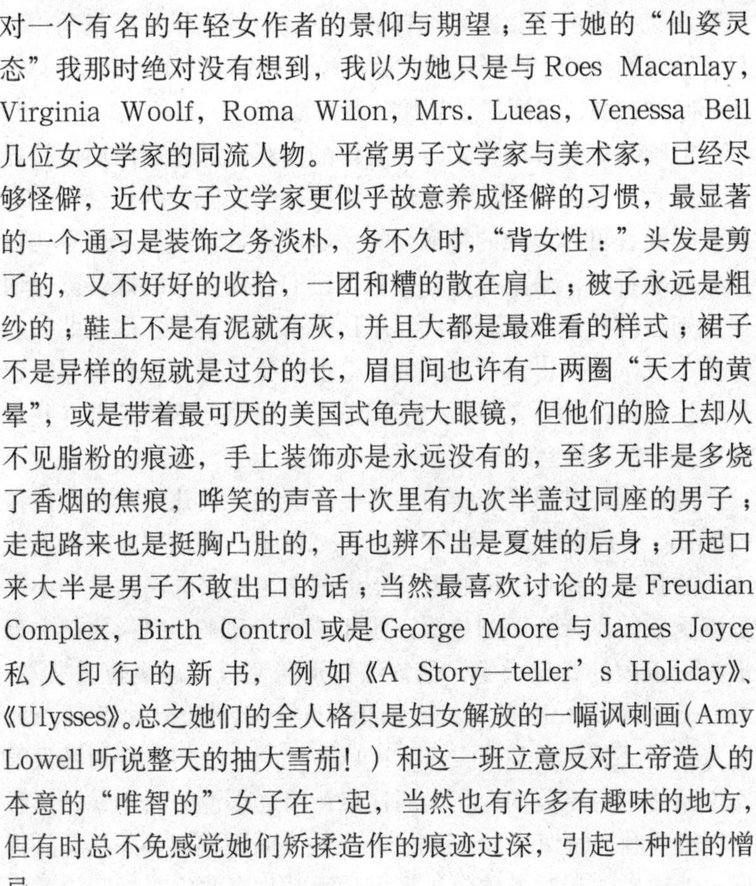

对一个有名的年轻女作者的景仰与期望；至于她的“仙姿灵态”我那时绝对没有想到，我以为她只是与Roes Macanlay，Virginia Woolf，Roma Wilon，Mrs. Lueas，Venessa Bell几位女文学家的同流人物。平常男子文学家与美术家，已经尽够怪僻，近代女子文学家更似乎故意养成怪僻的习惯，最显著的一个通习是装饰之务淡朴，务不久时，“背女性：”头发是剪了的，又不好好的收拾，一团和糟的散在肩上；被子永远是粗纱的；鞋上不是有泥就有灰，并且大都是最难看的样式；裙子不是异样的短就是过分的长，眉目间也许有一两圈“天才的黄晕”，或是带着最可厌的美国式龟壳大眼镜，但他们的脸上却从不见脂粉的痕迹，手上装饰亦是永远没有的，至多无非是多烧了香烟的焦痕，哗笑的声音十次里有九次半盖过同座的男子；走起路来也是挺胸凸肚的，再也辨不出是夏娃的后身；开起口来大半是男子不敢出口的话；当然最喜欢讨论的是Freudian Complex，Birth Control或是George Moore与James Joyce私人印行的新书，例如《A Story—teller’s Holiday》、《Ulysses》。总之她们的全人格只是妇女解放的一幅讽刺画（Amy Lowell听说整天的抽大雪茄！）和这一班立意反对上帝造人的本意的“唯智的”女子在一起，当然也有许多有趣味的地方，但有时总不免感觉她们矫揉造作的痕迹过深，引起一种性的憎忌。

我当时未见曼殊斐儿以前，固然并没有预想她是这样一流的Futuristic，但也绝对没梦想到她是女性的理想化。

所以我推进那房门的时候，我就盼望她——一个将近中年和蔼的妇人——笑盈盈地从壁炉前沙发上站起来和我握手问安。

但房里——一间狭长的壁炉对门的房——只见鹅黄色恬静的灯光，壁上炉架上杂色的美术的陈设和画件，几张有彩色画套的沙发围列在炉前，却没有一半个人影。麦雷让我一张椅上坐了，伴着我谈天，谈的是东方的观音和耶教的圣母希腊的Virgin Diana埃及的Isis波斯的Mithraism里的Virgin等等之相仿佛，似乎处女的圣母是所有宗教里一个不可少的象征……我们正讲着，只听得门上一声剥啄，接着进来了一位年轻女郎，含笑着站在门口，“难道她就是曼殊斐儿——这样的年轻……”我心里在疑惑。她一头的褐色卷发，盖着一张的小圆脸，眼极活泼，口也很灵动，配着一身极鲜艳的衣裳——漆鞋，绿丝长袜，银红绸的上衣，紫酱的丝绒围裙——亭亭的立着，像一棵临风的郁金香。

批注空间

麦雷起来替我介绍，我才知道她不是曼殊斐儿；而是屋主人，不知是密司 Beir 还是 Beek 我记不清了，麦雷是暂寓在她家的；她是个画家，壁挂的画，大都是她自己的，她在我对面的椅上坐了，她从炉架上取下一个小发电机似的东西拿在手里，头上又戴了一个接电话生戴的听箍，向我凑得很近的说话，我先还当是无线电的玩具，随后方知这位秀美的女郎，听觉和我自己的视觉仿佛，要藉人为方法来补充先天的不足。（我那时就想起聋美人是个好诗题，对她私语的风情是不可能的了！）

她正坐定，外面的门铃大响——我疑心她的门铃是特别响些，来的是我在法兰先生（Roger Fry）家里会过的 Sydney Waterloo，极诙谐的一位先生，有一次他从他巨大的袋里一连摸出了七八枝的烟斗，大的小的长的短的各种颜色的，叫我们好笑。他进来就问麦雷迦赛林（Katharine）今天怎样。我竖起了耳朵听他的回答，麦雷说“她今天不下楼了，天太坏，谁都不受用……”华德鲁就问他可否上楼去看他，麦说可以的，华又问了密司 B 的允许站了起来，他正要走出门，麦雷又赶过去轻轻地说“Sydney，don’t talk too much”。

楼上微微听得出步响 W 已在迦赛林房中了。一面又来了两个客，一个矮的 M 才从游希腊回来，一个轩昂的美丈夫就是 Sondon Nation and Atheneaum 里每周做科学文章署名 S 的 Sullivan，M 就讲他游希腊的情形尽背着古希腊的史迹名胜，Parinassus 长 Mycenae 短讲个不住。S 也问麦雷迦赛林如何，麦说今晚不下楼 W 现在楼上。过了半点钟模样，W 笨重的足音下来了，S 就问他迦赛林倦了没有，W 说“不，不像倦，可是我也说不上，我怕她累，所以我下来了。”再等一歇 S 也问了麦雷的允许上楼去，麦也照样的叮嘱他不要让她乏了。麦问我中国的书画，我乘便就拿那晚带去的一幅赵之谦的“草书法画

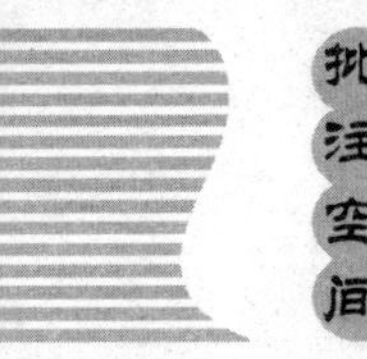

梅，”一幅王觉斯的草书，一幅梁山舟的行书，打开给他们看，讲了些书法大意，密司B听得高兴，手捧着她的听盘，挨近我身旁坐着。

但我那时心里却颇有些失望，因为冒着雨存心要来一会《Bliss》的作者，偏偏她又不下楼；同时W、S麦雷的烘云托月，又增加了我对她的好奇心，我想运气不好，迦赛林在楼上，老朋友还有进房去谈的特权我外国人的生客，一定是没有分的了，时已十时过半了，我只得起身告别，走出房门，麦雷陪出来帮我穿雨衣，我一面穿衣，一面说我很抱歉，今晚密司曼殊斐儿不能下来，否则我是很想望会她的。但麦雷却很诚恳的说“如其你不介意，不妨请上楼去一见”。我听了这话喜出望外立即将雨衣脱下，跟着麦雷一步一步的上楼梯……

上了楼梯，叩门，进房，介绍，S告辞，和M一同出房，关门，她请我坐了，我坐下，她也坐下……这么一大串繁复的手续，我只觉得是像电火似的一扯过，其实我只推想应有这么些逻辑的经过，却并不会亲切的一一感到；当时只觉得一阵模糊，事后每次回想也只觉得是一阵模糊，我们平常从黑暗的街里走进一间灯烛辉煌的屋子，或是从光薄的屋子里出来骤然对着盛烈的阳光，往往觉得耀光太强，头晕目眩的要定一定神，方能辨认眼前的事物。用英文说就是Senses overwhelmed by excessive light，不仅是光，浓烈的颜色，有时也有“潮没”官觉的效能。我想我那时，虽不定是被曼殊斐儿人格的烈光所潮没，她房里的灯光陈设以及她自身衣饰种种各品浓艳灿烂的颜色，已够使我不预防的神经，感觉刹那间的淆惑，那是很可理解的。

她的房给我的印象并不清切，因为她和我谈话时，不容我分心去认记房中的布置，我只知道房是很小，一张大床差不多就占了全房大部分的地位，壁是用画纸裱的，挂着好几幅油画大概也是主人画的，她和我同坐在床左贴壁一张沙发榻上。因为我斜倚她正坐的缘故，她似乎比我高得多，（在她面前哪一个不是低的，真的！）我疑心那两盏电灯是用红色罩的，否则何以我想起那房，便联想起，“红烛高烧”的景象？但背景

批注空间

究属不甚重要，重要的是给我最纯粹的美感的——Thepurest aesthetic feeling——她：是使我使用上帝给我那管进天堂的秘钥的——她；是使我灵魂的内府里又增加了一部宝藏的——她。但要用不驯服的文字来描写那晚。她，不要说显示她人格的精华，就是忠实地表现我当时的单纯感象，恐怕就够难的一个题目。从前有一个人一次做梦，进天堂去玩了，他异样的欢喜，明天一起身就到他朋友那里去，想描摹他神妙不过的梦境。但是！他站在朋友面前，结住舌头，一个字都说不出来，因为他要说的时候，才觉得他所学的人间适用的字句，绝对不能表现他梦里所见天堂的景色，他气得从此不开口，后来就抑郁而死，我此时妄想用字来活现出一个曼殊斐儿，也差不多有同样的感觉，但我却宁可冒猥渎神灵的罪，免得像那位诚实君子活活的闷死。她也是铄亮的漆皮鞋，闪色的绿丝袜，枣红丝绒的围裙，嫩黄薄绸的上衣，领口是尖开的，胸前挂一串细珍珠，袖口只齐及肘弯。她的发是黑的，也同密司B一样剪短的，但她栉发的式样，却是我在欧美从没有见过的，我疑心她有心仿效中国式，因为她的发不但纯黑而且直而不卷，整整齐齐的一圈，前面像我们十余年前的“刘海”梳得光滑异常，我虽则说不出所以然我只觉她发之美也是生平所仅见。

至于她眉目口鼻之清之秀之明净，我其实不能传神于万一，仿佛你对着自然界的杰作，不论是秋月洗净的湖山，霞彩纷披的夕照，南洋里莹澈的星空，或是艺术界的杰作，贝多芬的沁芳南槐格纳的奥配拉，米开朗琪罗的雕像，卫师德拉（Whistler）或是柯罗（Corot）的画：你只觉得他们整体的美，纯粹的美，不能分析的美，可感不可说的美；你仿佛直接无碍的领会了造作最高明的意志，你在最伟大深刻的戟刺中经验了无限的欢喜，在更大的人格中解化了你的性灵，我看了曼殊斐儿像印度最纯澈的碧玉似的容貌，受着她充满了灵魂的电流的凝视，感着她最和软的春风似神态，所得的总量我只能称之为一整个的美感。她仿佛是个透明体，你只感讶她粹极的灵彻性，却看不见一些杂质就是她一身的艳服，如其别人穿着也许会引起琐碎的批评，但在她身上，你只是觉得妥帖，像牡丹的绿叶，只是不可少的

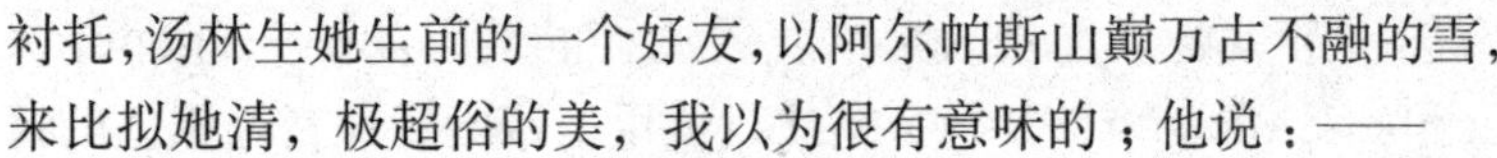

衬托，汤林生她生前的一个好友，以阿尔帕斯山巅万古不融的雪，来比拟她清，极超俗的美，我以为很有意味的；他说：——

曼殊斐儿以美称，然美固未足以状其真，世以可人为美，曼殊斐儿固可人矣，然何其脱尽尘寰气，一若高山琼雪，清彻重霄，其美可惊，而其凉亦可感，艳阳被雪，幻成异彩，亦明明可识，然亦似神境在远，不隶人间，曼殊斐儿肌肤明皙如纯牙，其官之秀，其目之黑，其颊之腴，其约发环整如髹，其神态之闲静，有华族粲者之明粹，而无西艳伉杰之容。其躯体尤苗约，绰如也，若明蜡之静焰，若晨星之澹妙，就语者未尝不自讶其吐息之重浊，而虑是静且澹者之且神化……

汤林生又说她锐敏的目光，似乎直接透入你灵府深处将你所蕴藏的秘密一齐照彻，所以他说她有鬼气，有仙气，她对着你看，不是见你的面之表，而是见你心之底，但她却大是侦刺你的内蕴，并不是有目的搜罗而只是同情的体贴。你在她面前，自然会感觉对她无严密的必要；你不说她也有数，你说了她也不会惊讶。她不会责备，她不会怂恿，她不会奖赞，她不会代出什么物质利益的主意，她只是默默的听，听完了然后对你讲她自己超于美恶的见解——真理。

这一段从长期交谊中出来深入的话，我与她仅一二十分钟的接近当然不曾体会到，但我敢说从她神灵的目光里推测起来，这几句话不但是可能，而且是极近情的。

所以我那晚和她同坐在蓝丝绒的榻上。幽静的灯光，轻笼住她美妙的全体，我像受了催眠似的，只是痴对她神灵的妙眼，一任她利剑似的光波，妙乐似的音浪，狂潮骤雨似的向着我灵府泼淹，我那时即使有自觉的感觉，也只似济慈（Keats）听鹃啼时的：

My heart aches, and a drowsy numbness pains
My sense, as though of hemlock I had drunk
"This not through envy of thy happy lot,
But being too happy in thy happiness."

曼殊斐儿音声之美，又是一个 Miracle 一个个音符从她脆弱的声带里颤动出来，都在我习于尘俗的耳中，启示一种神奇

批注空间

的意境。仿佛蔚蓝的天空中一颗一颗的明星先后涌现。像听音乐似的，虽则明明你一生从不曾听过，但你总觉得好像曾经闻到过的也许在梦里，也许在前生。她的，不仅引起你听觉的美感，而竟似直通你的心灵底里，抚摩你蕴而不宣的苦痛，温和你半僵的希望，洗涤你窒碍性灵的俗累，增加你精神快乐的情调；仿佛凑住你灵魂的耳畔私语你平日所冥想不得的仙界消息。我便此时回想，还不禁内动感激的悲慨，几于零泪；她是去了，她的音声笑貌也似蜃彩似的一翳不再，我只能学 Aft Vogler 之自慰，虔信：

Whose voice has gone forth, but each survines for the melodist when eternity affirms the conception of an hour Enough that he heard it once；we shall hear it by and by.

曼殊斐儿，我前面说过，是病肺痨的，我见她时，正离她死不过半年，她那晚说话时，声音稍高，肺管中便如吹荻管似的呼呼作响。她每句话尾收顿时，总有些气促，颧颊间便也多添一层红润，我当时听出了她肺弱的音息，便觉得切心的难过，而同时她天才的兴奋，偏是逼迫她音度的提高，音愈高，肺嘶亦更历历，胸间的起伏亦隐约可辨，可怜！我无奈何只得将自己的声音特别的放低，希冀她也跟着放低些，果然很灵效，她也放低了不少，但不久她又似内感思想的戟刺，重复节节的高引，最后我再也不忍因此而多耗她珍贵的精力，并且也记得麦雷再三叮嘱 W 与 S 的话，就辞了出来。总计我自进房至出房——她站在房门口送我——不过二十分的时间。

我与她所讲的话也很有意味，但大部分是她对于英国当时最风行的几个小说家的批评——例如 Riberea West，Romer Wilson，Hutchingson，Swinnerton 等——恐怕因为一般人不熟悉，那类简约的评语不能引起相当的兴味。麦雷自己是现在英国中年的评衡家最有学有识之一人，——他去年在牛津大学讲的《The Problem of Style》有人誉为安诺德（Mathew Arnold）以后评衡界里最重要的一部贡献——而他总常常推尊曼殊斐儿说她是评衡的天才，有言必中肯的本能。所以我此刻

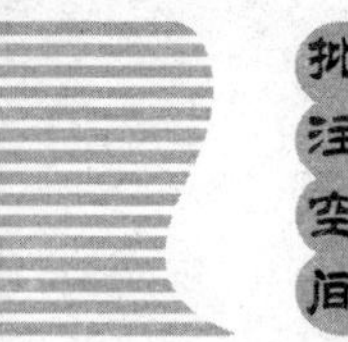

要把她简评的珠沫，略过不讲，很觉得有些可惜，她说她方才从瑞士回来，在那边和罗素夫妇的寓处相距颇近，常常谈起东方好处，所以她原来对于中国的景仰，更一进而为爱慕的热忱。她说她最爱读 Arthur Waley 所谈的中国诗，她说那样的诗艺在西方真是一个 Wonderful Revelatian 她说新近 Amy Lowell 译的很使她失望，她这里又用她爱用的短句——“That’s not the thing！”她问我译过没有，她再三劝我应得试试，她以为中国诗只有中国人能译得好的。

她又问我是否也是写小说的，她又殷勤问中国顶喜欢契高甫的那几篇，译得怎么样，此外谁最有影响。

她问我最喜欢读那几家小说，哈代、康拉德，她的眉稍耸了一耸笑道——

“Isn’t is！ We have to go back to the old masters for good literature the real thing！”

她问我回中国去打算怎么样，她希望我不进政治，她愤愤的说现代政治的世界，不论哪一国，只是一乱堆的残暴，和罪恶。

后来说起她自己的著作。我说她的太是纯粹的艺术，恐怕一般人反而不认识，她说：

“That’s just it. Then of course, popularity is never the thing for us.”

我说我以后也许有机会试翻她的小说，很愿意先得作者本人的许可。她很高兴的说她当然愿意，就怕她的著作不值得翻译的劳力。

她盼望我早日回欧洲，将来如到瑞士再去找她，她说怎样的爱瑞士风景，琴妮湖怎样的妩媚，我那时就仿佛在湖心柔波间与她荡舟玩景：

“Cheat, placid Leman！

……Thy soft murmuring

Sounds sweet as if a sister’s voice reproved.

That I with stem delights should ever have been so moved

……Lord Byron

批注空间

我当时就满口的答应，说将来回欧一定到瑞士去访她。

末了我说恐怕她已经倦了，深恨与她相见之晚，但盼望将来还有再见的机会，她送我到房门口，与我很诚挚地握别……

将近一月前，我得到消息说曼殊斐儿已经在法国的芳丹卜罗去世，这一篇文字，我早已想写出来，但始终为笔懒，延到如今，岂知如今却变了她的祭文！下面附的一首诗也许表现我的悲感更亲切些。

简 析

曼殊斐儿（1888—1923），通译作曼斯菲尔德，英国女作家。徐志摩对她仰慕已久。在剑桥大学游学期间，1922年7月曾访问病中的曼斯菲尔德，面谈20分钟。这次面见给徐志摩留下深刻印象。当年冬天，回国后的徐志摩曾在文友社演讲“对曼殊斐儿的印象”。1923年1月9日曼斯菲尔德逝世,3月11日徐志摩即作《哀曼殊斐儿》一诗纪念。旋即写下散文《曼殊斐儿》，发表在《小说月报》第14卷第5号。文章迂回入题，起笔就宕开去，以议论笔调大谈惊艳之经历如何启人心智。写到主人公时，也是先绕到其人其生活，这些都为下文对见面过程的核心描述起到铺垫的作用。过程描绘细致，笔锋满含激情，充分传述了女作家的美在作者心灵中引起的巨大惊叹。

谒见哈代的一个下午

一

“如其你早几年，也许就是现在，到道骞司德的乡下，你或许碰得到《裘德》的作者，一个和善可亲的老者，穿着短裤便服，精神飒爽的，短短的脸面，短短的下颏，在街道上闲暇的走着，招呼着，答话着，你如其过去问他卫撒克士小说里的名胜，他就欣欣的从详指点讲解；回头他一扬手，已经跳上了他的自行车，按着车铃，向人丛里去了。我们读过他著作的，更可以想象这位貌不惊人的圣人在卫撒克士广大的，起伏的草原上，在月光下，或在晨曦里，深思地徘徊着。天上的云点，草里的虫吟，远处隐约的人声都在他灵敏的神经里印下了不磨的痕迹；或在残败的古堡里拂拭乱石上的苔青与网结；或在古罗马的旧道上，冥想数千年前铜盔铁甲的骑兵曾经在这日光下驻踪；或在黄昏的苍茫里，独倚在枯老的大树下，听前面乡村里的青年男女，在笛声琴韵里，歌舞他们节会的欢欣；或在济慈或雪莱或史文庞的遗迹，悄悄的追怀他们艺术的神奇……在他的眼里，像在高蒂闲（Theophile Gautier）的眼里，这看得见的世界是活着的；在他的‘心眼’（The Inward Eye）里，像在他最服膺的华滋华斯的心眼里，人类的情感与自然的景象是相联合的；在他的想象里，像在所有大艺术家的想象里，不仅伟大的史绩，就是眼前最琐小最暂忽的事实与印象，都有深奥的意义，平常人所忽略或竟不能窥测的。从他那六十年不断的心灵生活，——观察、考量、揣度、印证，——从他那六十年不懈不弛的真纯经验里，哈代像春蚕吐丝制茧似的，抽绎他最微妙最桀傲的音调，纺织他最缜密最经久的诗歌——这是他献给我们可珍的礼物。”

批注空间

二

上文是我三年前慕而未见时半自想象半自他人传述写来的哈代。去年七月在英国时，承狄更生先生的介绍，我居然见到了这位老英雄，虽则会面不及一小时，在余小子已算是莫大的荣幸，不能不记下一些踪迹。我不讳我的“英雄崇拜”。山，我们爱踹高的；人，我们为什么不愿意接近大的？但接近大人物正如爬高山，往往是一件费劲的事；你不仅得有热心，你还得有耐心。半道上力乏是意中事，草间的刺也许拉破你的皮肤，但是你想一想登临危峰时的愉快！真怪，山是有高的，人是有不凡的！我见曼殊斐儿，比方说，只不过二十分钟模样的谈话，但我怎么能形容我那时在美的神奇的启示中的全生的震荡？——

我与你虽仅一度相见——

但那二十分不死的时间！

果然，要不是那一次巧合的相见，我这一辈子就永远见不着她——会面后不到六个月她就死了。自此我愈发坚持我英雄崇拜的势利，在我有力量能爬的时候，总不教放过一个“登高”的机会。我去年到欧洲完全是一次“感情作用的旅行”；我去是为泰戈尔，顺便我想去多瞻仰几个英雄。我想见法国的罗曼·罗兰；意大利的丹农雪乌，英国的哈代。但我只见着了哈代。

在伦敦时对狄更生先生说起我的愿望，他说那容易，我给你写信介绍，老头精神真好，你小心他带了你到道骞斯德林子里去走路，他仿佛是没有力乏的时候似的！那天我从伦敦下去到道骞斯德，天气好极了，下午三点过到的。下了站我不坐车，问了 Max Gate 的方向，我就欣欣的走去。他家的外园门正对一片青碧的平壤，绿到天边，绿到门前；左侧远处有一带绵邈

的平林。进园径转过去就是哈代自建的住宅，小方方的壁上满爬着藤萝。有一个工人在园的一边剪草，我问他哈代先生在家不，他点一点头，用手指门。我拉了门铃，屋子里突然发一阵狗叫声，在这宁静中听得怪尖锐的，接着一个白纱抹头的年轻下女开门出来。

"哈代先生在家"，她答我的问，"但是你知道哈代先生是'永远'不见客的"。

我想糟了。"慢着"，我说，"这里有一封信，请你给递了进去。""那末请候一候"，她拿了信进去，又关上了门。

她再出来的时候脸上堆着最俊俏的笑容。"哈代先生愿意见你，请进来。"多俊俏的口音！"你不怕狗吗，先生，"她又笑了。"我怕，"我说，"不要紧，我们的梅雪就叫，她可不咬，这儿生客来得少。"

我就怕狗的袭来！战兢兢地进了门，进了官厅，下女关门出去，狗还不曾出现，我才放心。壁上托着沙琴德（John Sargeant）的哈代画像，一边是一张雪莱的像，书架上记得有雪莱的大本集子，此外陈设是朴素的，屋子也低，暗沉沉的。

我正想着老头怎么会这样喜欢雪莱，两人的脾胃相差够多远，外面楼梯上一阵急促的脚步声和狗铃声下来，哈代推门进来了。我不知他身材实际多高，但我那时站着平望过去，最初几乎没有见他，我的印像他是一个矮极了的小老头儿，我正要表示我一腔崇拜的热心，他一把拉了我坐下，口里连着说"坐坐"，也不容我说话，仿佛我的"开篇"辞他早就有数，连着问我，他那急促的一顿顿的语调与干涩的苍老的口音，"你是伦敦来的？""狄更生是你的朋友？""他好？""你译我的诗？""你怎么翻的？""你们中国诗用韵不用？"前面那几句问话是用不着答的（狄更生信上说起我翻他的诗），所以他也不等我答话，直到末一句他才收住了。他坐着也是奇矮，也不知怎的，我自己只显得高，私下不由得局促，似乎在这天神面前我们凡人就在身材上也不应分占先似的！（阿，你没见过萧伯纳——这比下来你是个蚂蚁！）这时候他斜着坐，一双手搁在台上头微微低着，眼往下看，头顶完全秃了，两边脑角上还各有一鬃也不全花的头发；他的脸盘粗看像是一个尖角往下的等边形三角，两颧像是特别宽，从宽浓的眉尖直扫下来束住在一个短促的下巴尖；他的眼不大，但是深窈的，往下看的时候多，不易看出颜色与表情。最特别的，最“哈代的”，是他那口连着两旁松松往下坠的夹腮皮。如其他的眉眼只是忧郁的深沉，他的口脑的表情分明是厌倦与消极。不，他的脸是怪，我从不曾见过这样耐人寻味的脸。他那上半部，秃的宽广的前额，着发的头角，你看了觉得好玩，正如一个孩子的头，使你感觉一种天真的趣味，但愈往下愈不好看，愈使你觉得难受，他那皱纹龟驳的脸皮正使你想起块苍老的岩石，雷电的猛烈，风霜的侵凌，雨溜的剥蚀，苔藓的沾染，虫鸟的斑斓，什么时间与空间的变幻都在这上面遗留着痕迹！你知道他是不抵抗的，忍受的，但看他那下颊，谁说这不浅露他的怨毒，他的厌倦，他的报复性的沉默！他不露一点笑容，你不易相信他与我们一样也有喜笑的本能。正如他的脊背是倾向伛偻，他面上的表情也只是一种不胜压迫的伛偻。喔哈代！

回讲我们的谈话。他问我们中国诗用韵不。我说我们从前只有韵的散文，没有无韵的诗，但最近……但他不要听最近，他赞成用韵，这道理是不错的。你投块石子到湖心里去，一圈圈的水纹漾了开去，韵是波纹。少不得，抒情诗 Lyric 是文学的精华的精华。颠不破的钻石，不论多小。磨不减的光彩。我不重视我的小说。什么都没有做好的小诗难〔他背了莎“Tell me where is Faney bred”朋琼生（Ben Jonson）的“Drin to me only with thine eyes”高兴的样子〕。我说我爱他的诗因为它们不仅结构严密像建筑，同时有思想的血脉在流走，像有机的整体。我说了 Organic 这个字；他重复说了两遍：“Yes, Organic yes, Organic：A poem ought to be a living thmg”练习文字顶好学写诗；很多人从学诗写好散文，诗是文字的秘密。

他沉思了一晌。“二十年前有朋友约我到中国去：他是一个教士，我的朋友，叫莫尔德，他在中国住了五十年，他回英国来时每回说话先想起中文再翻英文的！他中国什么都知道，他

批注空间

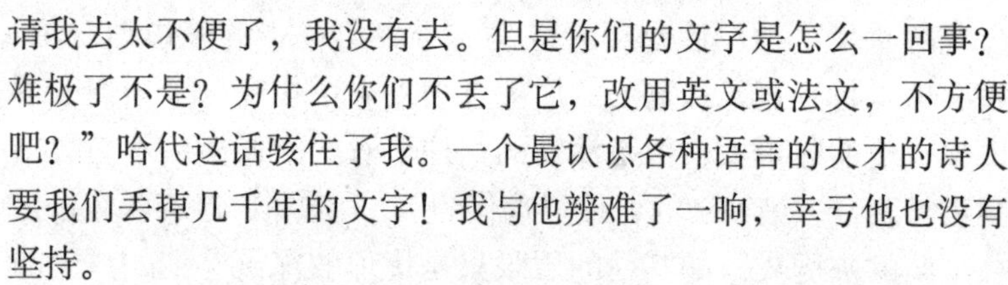

请我去太不便了，我没有去。但是你们的文字是怎么一回事？难极了不是？为什么你们不丢了它，改用英文或法文，不方便吧？”哈代这话骇住了我。一个最认识各种语言的天才的诗人要我们丢掉几千年的文字！我与他辨难了一晌，幸亏他也没有坚持。

说起我们共同的朋友。他又问起狄更生的近况，说他真是中国的朋友。我说我明天到康华尔去看罗素。谁？罗素？他没有加案语。我问起勃伦腾（Edmund Blunden），他说他从日本有信来，他是一个诗人。讲起麦雷（John M. Murry）他起劲了。“你认识麦雷？”他问。“他就住在这儿道骞斯德海边，他买了一所古怪的小屋子，正靠着海。怪极了的小屋子，什么时候都可以叫海给吞了去似的。他自己每天坐一部破车到镇上来买菜。他是有能干的。他会写。你也见过他从前的太太曼殊斐儿？他又娶了你知道不？我给你听麦雷的故事。曼殊斐儿死了，他悲伤得很，无聊极了，他办了他的报（我怕他的报维持不了），还是悲伤。好了，有一天有一个女的投稿几首诗，麦雷觉得有意思，写信叫她去看他，她去看他，一个年轻的女子，两人说投机了，就结了婚，现在大概他不悲伤了。”

他问我那晚到哪里去。我说到 Exetet 看教堂去，他说好的，他就讲建筑，他的本行。我问他小说里常有建筑师，有没有你自己的影子？他说没有。这时候梅雪出去了又回来，咻咻地爬在我的身上乱抓。哈代见我有些窘，就站起来呼开梅雪，同时说我们到园里去走走吧，我知道这是送客的意思。我们一起走出门绕到屋子的左侧去看花，梅雪摇着尾巴咻咻地跟着。我说哈代先生，我远道来你可否给我一点小纪念品。他回头见我手里有照相机，他赶紧他的步子急急地说，我不爱照相，有一次美国人来给了我很多的麻烦，我从此不叫来客照相，——我也不给我的笔迹（Autograph），你知道？他脚步更快了，微偻着背，腿微向外弯一摆一摆地走着，仿佛怕来客要强抢他什么东西似的！“到这儿来，这儿有花，我来采两朵花给你做纪念，好不好！”他俯身下去到花坛里去采了一朵红的一朵白的递给我：“你暂时插在衣襟上吧，你现在赶六点钟车刚好，恕我不陪你了，再会，再会——来，来，梅雪，梅雪……”老头扬了扬手，径自进门去了。

吝刻的老头，茶也不请客人喝一杯！但谁还不满足，得着了这样难得的机会？往古的达文謇、莎士比亚、歌德、拜伦，是不回来了的；——哈代！多远多高的一个名字！方才那头秃秃的背弯弯的腿屈屈的，是哈代吗？太奇怪了！那晚有月亮，离开哈代家五个钟头以后，我站在哀克剎脱教堂的门前玩弄自身的影子，心里充满着神奇。

批注空间

简析

哈代（1840—1928），英国诗人、小说家。徐志摩1927年游历欧美，其中欧洲之行计划拜谒法国罗曼·罗兰、意大利邓南遮以及哈代，后来在狄更生引见下见到哈代本人。此时的哈代已是耄耋之年。徐志摩熟读哈代，曾翻译其作品若干。1928年哈代逝世后，徐志摩作《汤麦士哈代》，对哈代的思想和创作作了阐述，本篇原是《汤麦士哈代》的附录，现单独摘出。第一部分是会见之前所作猜测式描绘，意趣盎然。第二部分是对拜谒过程的详细描绘，有两点值得注意：一是观察之仔细；二是对哈代的描绘定位于其作为普通人的“人间性”，这一点与《曼殊斐儿》把主人公描绘成富有神性的对象形成对照。

图书在版编目（CIP）数据

徐志摩文集/徐志摩著.--长春：
吉林文史出版社,2011.8（2023.9重印）
（名家精品阅读/李晓明 高长春主编）
ISBN 978-7-5472-0804-5

Ⅰ.①徐… Ⅱ.①徐… Ⅲ.①中国文学：现代文学－作品
综合集 Ⅳ.①I216.2

中国版本图书馆CIP数据核字(2011)第174275号

名家精品阅读

徐志摩文集

XUZHIMO WENJI

作者/徐志摩　主编/李晓明　高长春
选题策划/周海英　责任编辑/陈春燕
责任校对/李洁华　封面设计/新华智品
出版发行/吉林出版集团　吉林文史出版社
地址/长春市人民大街4646号　邮编/130021
电话/0431—86037507
网址/www.jlws.com.cn
印刷/北京一鑫印务有限责任公司
版次/2012年1月第1版　2023年9月第6次印刷
开本/720mm×1000mm　1/16
印张/10　字数/200千字
书号/ISBN 978-7-5472-0804-5
定价/45.00元